たったひとつの、ねがい。

入間人間

イラスト／のん

プロローグ　『悲劇と復讐の始まり』

彼女と知り合ったのは、未だ昨日のように感じられる学生時代だった。けれども日付のところにご丁寧《ていねい》に年数まで表示してくれるお節介《せっかい》な携帯電話を覗《のぞ》いてみると、あれ、こんなに経《た》ったのかと驚いてしまう。大学を出て、もう三年が経過していた。人間というのは寿命《じゅみょう》の残りに応じて体感時間が変わるらしいが、なるほど最近の季節の移り変わる早さを思えば納得《なっとく》である。新年が始まったと思ったら、あっという間に蟬《せみ》が鳴き出していた、なんてことを毎年感じる。もう一年が半分以上過ぎてしまったのかと、八月はいつも反省したり不思議だったり、少しくすぐったい。

お盆休みにも帰る実家はなく、会社側が借り上げて提供する賃貸マンションでだらだらと寝転ぶ夏も三年目と思うと感慨《かんがい》深い。上司《じょうし》が近くに住んでいることや、同僚《どうりょう》との間でプライベートが筒抜《つつぬ》けになることは嫌だが、とにかく家賃が安いので貯金ばかりがもりもり貯まる。その貯金を散財せず、後生大事《ごしょうだいじ》に貯め込んでいるのは付き合って四年か五年の彼女との間に、『結婚』の文字がちらつくことへの警戒だった。別に明日にでも式を挙げるってほど性急ではなく、そうした重そうに見えるものを無視して、まだまだ楽しくやりたいというのも本音である。しかしそうしたものを意識してしまうのは、社宅に彼女を連れ込んでいることへの後ろめたさだろうか。

座布団《ざぶとん》を二つ折りにして枕《まくら》代わりにしながら寝転ぶ俺《おれ》の後ろでは、テーブルに雑誌を広げて時間をつぶす彼女がいる。中古屋で買ってきた二台の扇風機は大半、彼女のために回るようなものとなっている。

彼女には東雲陽子《しののめようこ》というれっきとした名前があって、多分どちらで呼んだとしても怒られないのだけど、そのどちらで呼ぶかでつい迷ってしまう。だからつい、心の中では彼女と呼んで少し他人行儀《ぎょうぎ》に落ち着いてしまう。そうして考えることを後回しにしながら生きていると、普段の生活では相手の名前を呼ぶ機会もそう多くはないのだと気づかされる。

「お昼なに食べる？」

読み終えたのか、雑誌を閉じた彼女が振り向いて話しかけてきた。外に食べに行ってもいいのだけど、外の日差しは今日も遠慮がない。窓から見上げているだけで出歩く気力を根こそぎ奪う。

「なんか作ってくれる？」

「材料あればね」

彼女の声は淡々《たんたん》としている。淡《あわ》く、耳に届くとそのまますぐ溶けるような調子だ。夏場にはそのあっさりとした部分が好ましく、冬は空《から》っ風に呑《の》まれて消えゆくように、少し物足りない。

「貰《もら》いもののそうめん転がってなかったかな」

「ん、見てくる」

彼女が立って、流しの方を見に行く。意外にも素直に動いてくれたなぁと思う。俺も料理は不得意でないので、『あんたがやれ』『いやあんたが』と押しつけあうことも少なくない。今回もダメ元で頼んでみたのだが、機嫌がいいのかもしれない。

彼女は喜怒《きど》哀楽《あいらく》を激しく表に出す性分《しょうぶん》ではないので、それを読み取ることは少し難しいのだけれど。

寝転ぶ位置を変えると、天井《てんじょう》や壁の黒ずみが目に留まる。古くから住む連中が派閥《はばつ》を利かせて、住みづらい場所ではある。掃除や草むしりの共同担当はいいけど部屋の間取りが悪いし、建物も古い。もし彼女と結婚したらここに住むことはあり得ないだろう。その口実、理由も兼ねて結婚を考えてしまうのは、動機として褒《ほ》められたものでなくても本心ではあった。

「結婚かぁ……」

そんなこと、彼女と出会った当時は考えもしなかった。

手を頭に添えて、顔を腕で覆《おお》うようにしながら身体を丸める。

「そうめんあった」という報告に「ほーいよろしくー」とくぐもった声で答えながら、彼女と初めて出会ったときのことを思い出していた。


両親とは六歳のときに死別した。顔は覚えているし、五歳の夏に旅行へ出かけて飛行機に乗ったという思い出もちゃんとある。与えられたものはちゃんとあって、そこまで両親の愛に飢《う》えているわけじゃない。思い出すのが、辛《つら》くはない。

むしろ思い出すと笑ってしまうのだが、両親はどこか変わった人たちだった。妙に世間ずれしたところがあり、あのまま育てられていたら俺も他人とひと味違うようなやつになれたのかもしれないなぁと、没個性《ぼっこせい》な今となっては惜《お》しく思ってしまう。

とまぁこんな身の上話を酒の席で話すと、うまくやれば「ドラマみてー」と面白がられる。当然そこには話し方のコツを心得ていないといけなくて、塩梅《あんばい》を誤ると場の雰囲気《ふんいき》を沈めてしまうことになる。そのどちらも何度か経験済みなので、調整の感覚は概《おおむ》ね摑《つか》んでいる。今回は、うまくいった。

酒が程良く回った中で極力笑い話に聞こえるよう、人生をデフォルメして語ったことでそれなりに盛り上がり、一緒に参加したゼミ生の笑顔を頂戴《ちょうだい》した。ゼミというのは色々と調べてレポートにして発表するのが面倒だけど、こうして誰《だれ》かと仲良くなるきっかけとなるのは評価されるべき点だと思う。講師の目があるからサークルよりは問題が起きづらいような気もするし。

そしてその飲み会の中に彼女、東雲陽子がいた。

このときの彼女とはまだ隣り合って座ることはなく、四つも五つも席が離れた関係で、それを縮めようとするほど意識したこともなかった。その彼女と単純な意味で距離が縮まったのは全員が席をばらばらに移動するようになって、ごちゃごちゃして、なんやかんやがあって隣に座ることになったからだった。それまで彼女と話したことはなかったし、趣味《しゅみ》どころか性格も分からんしなぁと悩んでいたところ、あっちから話しかけてきた。声は砂糖菓子《さとうがし》のように淡く、居酒屋の熱気に包まれれば音もなく溶けていきそうで、声が小さいわけではないけれど聞き取るのに少し慣れが必要だった。

「変な話するのね、こんなところで」

さっきの身の上話について言っているらしい。表情は、ほとんど変わっていない。

「他に話して面白い、特別な体験ってないんだよ」

彼女は未だ一杯目のビールにちびちびと口をつけている。食べる方が主役なのか、取り皿を重ねた枚数は多い。その皿を数えながらも改めて、彼女を見る。

誤解を招くような言い方かもしれないが、年上に見えた。落ち着いた口もと、騒ぎを少し遠くに見るような涼しい目。この飲み会の中でも目立ちはせず、花火を間近で鑑賞するのではなく、離れて、一人で静かに眺《なが》めているようだった。

声の淡さにあわせたような目立たない色合いの髪は、左右に緩《ゆる》くパーマをかけて前髪は額にあわせるぐらいの長さで……と、大学内で観察していれば二分に一度は見る女性の髪型だった。流行《はや》っているのかな、これ。彼女に似合っているからいいけど。

「でもこういうのを語っちゃうと作り話だろ？　とか同情引きたいだけだろ？　とか言われることもある」

実際に親はいないし、同情される機会なんてほとんどないが。同情している自分に酔《よ》いたいやつが時々、応援して肩を叩《たた》いてくれるぐらいだ。

「学費とかどうしてるの？」

「足長おじさんがいてね、入学費だけは出してくれたんだ。後期からの学費はなんとか自分で払ったけど、それもいつまで続けられるか。自信はない」

まずそこを尋《たず》ねるやつはなかなかいなくて、珍《めずら》しいなと感じた。だがしかしそれより気になったのは彼女がから揚げばかりの載《の》った皿を大事そうに置いて、しかも手をつける気配がないことだった。不思議に思って見つめていると、彼女がから揚げを抱える理由を解説してくれた。

「好きなものは最後に食べる派」

「あぁなーる……別に追加で頼めばいいんじゃない？」

「割《わ》り勘《かん》だし、そういうわけにもいかないかなって」

そんなものだろうか。慎《つつし》み深いというべきなのかもしれないが、しかし冷静に考えると彼女がそういうことを言うのは得をしていないことに気づく。

「酒飲んでいないのに食べる方も遠慮したら、損しない？」

俺が指摘すると彼女は無表情を和らげて、思案する顔つきになる。目を横に泳がせて、「確かに」と言い分を認めた。通りかかる店員を呼び止めて注文する。

「ピリ辛《から》ユーリンチーください」

まだ鶏《とり》を食べるのか、と横で聞いていて呆《あき》れた。

そして俺も他の奴らが浴びるように酒を飲んでいる横でちまちま、グラスの底の液体を舐《な》めていることで損をしないようにとビールを追加注文した。そうなると、俺も私もと便乗《びんじょう》する酔っ払いの友人たちに苦笑しながら、その心地いい雰囲気に酔う。

そちらに目が向いて、隣に座る彼女のことはあまり考えなかった。

悪くはないと思った、でもただそれだけ。

彼女と最初に話したのはそれぐらいで、強く印象に残るわけじゃなかった。


次に彼女と話したのは半年ぐらい経ってからだった。季節も冬から夏へと様変わりして、俺も二年生になって。必ず四年で卒業する必要があったから一年の間にできるだけ単位を取ろうと気張りすぎて、少し堕落《だらく》が始まろうとしていた。

臆面《おくめん》もなく言ってしまえば、彼女ほしい！　とかそういう欲求がちらつくのだ。俺は聖人君子《せいじんくんし》でもなんでもない健全な大学二年生であり、そんなやつが去年の間ずっと、講義とバイトをストイックに繰り返していたら女に飢えるのも当然だろう。恐らく。

しかし女以上に金がないのも事実。学費と生活費を支払うのにも足長おじさんの援助がなければ厳しい。そうなると金のかからない彼女がほしい。などと公言したら『何様のつもりだ』と批難されるのは目に見えているのでなかなか探しづらいものだ。

そもそもやはり、金がないと遊びに行くこともできないし。難儀《なんぎ》だ。

そんなことばかり考えながら大学の食堂に向かい、惰性《だせい》でいつものようにとんかつ定食を購入して適当な席に着くと、「おや」と声をかけられた。隣を向くと彼女、東雲陽子が座っていた。名前はゼミでの自己紹介で聞いたことがあり、覚えてはいた。とはいえそのゼミという繋《つな》がりも二年になったことでなくなり、今年度になってから顔を合わせるのはこれが最初だった。お互い、よく覚えていたなと感心するような顔で見つめ合う。それから、微妙な沈黙が生まれる。無理に話すこともないかと、小さく頷《うなず》いてからそれぞれの昼飯と向き合う。彼女は天丼《てんどん》だった。

ここの天ぷらは冷えきっていると評判なので食べたことはないけど、おいしいのだろうか。少し気にしつつ、とんかつに箸《はし》を伸ばす。端からひょいひょい食べていく。薄切りで五切れ、しかも脂身《あぶらみ》はほぼカットされて横の断面の真っ白なこと。本当にこれ豚肉《ぶたにく》かよと疑ってしまう。しかしいつも食べるのは決まってこれだった。

この嚙《か》み応えはありながらも肉の味がしないとんかつ、いやぁ香ばしい。内心で楽しく文句《もんく》を言いながら二つ、三つと食べていると横からの視線が気になった。

彼女が俺の箸の先端を見つめている。なぜだろうと少し考えて、彼女の主義と相容れないからだろうと気づく。半年前、彼女が言ったことを踏まえての推測だ。

最初にとんかつをばくばく食べていることについて、真似しながら説明した。

「好きなものは最初に食べる派」

「なんでっ？」

そう尋ねた彼女の心底、意外そうな顔が色々な決め手となったのかもしれない。それまでずっと淡々としていた彼女が急に目を見開き、食いついてきたという予想できない態度に面食らい、そして今まで年上に見えていたその顔が露《あら》わにした幼《おさな》さは俺の心を摑むのに十分だった。とはいえ、聞かれてすぐ答えないと首でも締《し》め上げられそうな勢いだったので、なにはともあれと自分なりの意見を述べた。

「んーほら、食べているときに火事になったり、地震が起きたり、テロリストが突撃して占拠してきたり……なんか大げさな話ばかりだけどようするに不慮《ふりょ》の事態が起こって食べられなくなったら後悔しそうだから」

ここらへんは親戚《しんせき》の家に子供がいて、遠慮しているとなにも食べられないまま終わるという境遇《きょうぐう》の働いた部分が大きいのだろう。食べたら食べたで、煙《けむ》たがられたが。

「そういう考え方もあるのか」

ほうほうと彼女が頷く。しかし納得はいっていないようで、反論してきた。

「最後に嫌いなもの食べると、後味《あとあじ》悪くない？」

「お茶とか飲んでそういうのは流しちゃうから」

「そういうテクもあるのか」

こちらも感動しているわけではなさそうだった。感銘《かんめい》などなく、彼女は恐らくだがいつも通りにエビ天を残し、大葉の天ぷらから食べている。その食べ方も当然アリだ。お楽しみが最後にあるというのも、それはそれで心の励《はげ》みになると思う。正義の味方だって最初から必殺技《ひっさつわざ》を出すことはないし、食事がエンターテイメントなら彼女が正解なのだろう。でも先に食べる俺が間違っているとも思えなくて。

二つの考え方を両立させる方法は……あ、あった。

「いいこと思いついた」

その閃《ひらめ》きを嬉々《きき》として彼女に伝える。

「好きなものばかり食べれば順番関係ない」

どうだ、いい案だろう。自信を持って言ってみたのだが、彼女の反応は芳《かんば》しくない。

口をぽわぁっと無防備に開けて、アホを見る目つきが俺に向いていた。

「いやもちろん、お金がかかるから無理だって分かってるよ」

俺だってそれぐらいの感覚はある。そう訴《うった》えたのだが、彼女が次に浮かべたのは

『問題そこだけかよ』という目だった。

「……子供」

「なんか言った？」

「んん……いいこと言うじゃん」

ごまかすように小さく首を振った後、彼女が俺の肩を叩く。

それから泡雪《あわゆき》のような顔つきをにやりと崩《くず》して、カボチャの天ぷらをかじった。

この閃きが気に入られてか、俺は彼女と顔をあわせれば話す仲となった。


彼女とデートらしきものに出かけたのは、そこから更《さら》に二週間ほど経ってからだった。前期試験も終了して夏期休暇《きゅうか》も始まるということが決め手だったと思う。その解放感に浮かれて、帰るついでにどこか寄ろうという話になったのだ。

「と言っても遊ぶ金はないし、駅で昼ご飯でも食べて帰ろうか」

「いいよ」

彼女も暑い中あまり動き回りたくはないのか、賛同してくれる。しかし、金がないか。切実で、どうしようもない問題だ。多分これ以上の悩みなんてこの世にない。

地下鉄で遠くの駅へと行って、デパ地下のカレー屋を訪れた。テイクアウトの方が主の店だけど、その場で食べられるように椅子《いす》が四つほど用意されている。彼女がその常連らしく、誘われるままにやってきたというわけだ。

勧められたカレーをそのまま注文して、黙々《もくもく》と食べる。誘ったのは俺だが、デートということをこのときはほとんど意識していなかった。ただ、彼女が勢いよくお気に入りのカレーを食べる様を眺めているとついにやついてしまい、結果、ジト目を頂戴した。

「なに？」

「楽しそうに食べるなぁと思った」

「いけない？」

「とても健康的でよろしいかと」

俺としては褒めたつもりだったが彼女には不服だったらしい。姿勢を正して、食べる速度も落とす。「なんか面白みがないな」と口に出したら睨《にら》まれたので、前を向いた。

黙ってぱくもぐとカレーの具を食べていると、彼女が質問してきた。

「ニンジン好きなの？」

「ん？　そんなことないけど、なんで？」

「好きなものから食べるんでしょ」

彼女が俺の丸皿を指差す。見ると確かにニンジンがほとんどなくなっていた。

が、これは意図したわけではない。

「いや別に。カレーの食べる順番は意識したことがないな」

カレーは全体を見渡してこそだ。絵画の一部分だけを見て評価するわけにはいかないのと同じく、ニンジンやジャガイモだけでカレーを評価することはない。多分。

そうなるとこのカレーはいつか言っていた、好きなものばかりを食べれば順番を解決できる、というやつを一皿で示した凄《すご》い料理なのかもしれない。もしかしたら。

そんなことを考えながら彼女の皿を見てみると、ジャガイモばかりがごろごろ残っていた。分かりやすい。ニンジンが好きだと答えたら、こっちに移したかもしれない。

また少し黙って食べ進める。彼女はなにか食べていると、普段から少ない口数がますます控《ひか》えめになる。俺も子供の頃は黙って食えと教えられたものだが、彼女の場合は少し違うようだ。さっきも言ったが食べることが楽しくて仕方ないようだ。

そんな俺の感想を、まるで受信でもしたかのように彼女が唐突《とうとつ》に言った。

「時々だけど、肉を食べているのが不気味に感じる」

肉をスプーンですくい上げながら、肉食について否定的な発言をする。

「分からないけど。これ、動物の肉なんだよなぁって思うと、ちょっと気味悪くなる。でも食べるとおいしいから、どうでもいいかってすぐ忘れる」

そう言いながら彼女が豚肉をかじった。店の奥で調理している人も聞いていたのか、彼女に一瞥《いちべつ》を向ける。そこに別の会社員風の客二人組が入ってきたので、調理途中だったおじさんが営業用の愛想《あいそ》いい顔で注文を取り始めた。

それを若干《じゃっかん》柔《やわ》らかい表情で眺めながら、彼女が俺に問う。

「拓也《たくや》はそういうの、ある？」

「そういうのはないけど……似て、いるかはしらんことを思うときはある」

「どんな？」

聞かれて、店の奥に目をやりながら答える。

「バイト先で余った食べ物を捨てるときがあるんだけど、もしそういうのが生き物への冒瀆《ぼうとく》なら、地獄《じごく》に落ちるのは残したやつだけじゃなくて、俺もなのかなぁって」

これは死後の世界とか幽霊《ゆうれい》なんていうものがあったらの仮定だけど、あるのなら人間以外にもそれがないというのは不自然だ。当然、人間を恨《うら》んでいることだろう。

そして殺された方からすれば食べようと捨てられようと、大差ないだろうと思う。関わった人間みんなを恨み、果たせるものなら復讐《ふくしゅう》ぐらいはしてくるかもしれない。

そんなことを暇《ひま》なときに考えると、この仕事をやっていていいのかと少し疑問に思うときもある。悩むがしかし、俺がやらなくても他の誰かがやるだけだ。

結局、人類を憎《にく》むことには変わりないだろう。

「案外、難しいことも考えるのね」

彼女の感想はそれだった。発言内容より、俺の頭に偏重《へんちょう》している。

案外という一言から普段の俺をどう評価しているのか大変気になるところだが、それはさておき彼女からすれば取るに足らない悩みなのだろう、きっと。悩む人もいれば、悩まない人もいる。そのどちらにも意味はあり、しかし俺は悩まない人と出会ったところで『悩まなくていいんだ』と感化されて、疑問を破棄《はき》することはしないでいようと思う。人の性格を羨《うらや》むことなく、ただ自分でありたい。

「まぁとりあえず言えることはカレーがうまい。連れてきてもらってよかった」

「でしょ」

彼女がまんざらでもない顔を浮かべる。少し得意げなのが珍しい。

カレー皿を見る。豚肉をすくって、口に含み、強くかみしめた。

食べた時点で、命への大切さとか尊《とうと》さを語る資格はないのかもしれない。

それでも自己満足のために、俺は今日もこう言うのだ。

ごちそうさま。

「そこのぐーたら拓也。できましたよーっと」

つらつらと思い出に浸っている間に、働き者の彼女がそうめんの入った鍋《なべ》を持ってきた。テーブルの中央に置く。それからめんつゆとショウガのチューブを置いた。

「お、どっちもまだあったんだ」

「めんつゆの賞味期限は見なかった方向で」

見ないようにしようとぐりぐり回転させて、賞味期限の表示を明後日の方に向けた。

そんな茶番みたいなことを交えながら箸と小皿を用意して、そうめんをすする。

「うん。ぐーたらには過ぎたごちそうだ」

「こういうのを食べると冷やし中華が食べたくなるよね」

ちゅるちゅると麵《めん》をすすりながら彼女が言う。……うぅん。

「どうしたの、遠い目して」

「さっき、昔のことをちょっと思い出していてさぁ」

「うん」

「きみとの思い出って、大体なんか食ってるときだと思った」

「まるで私が単なる食いしん坊に聞こえますね」

む、と彼女が不満げに唇《くちびる》を尖《とが》らせる。聞こえますね。そして食事をしながら別の食べ物のことを考えるのは、立派な食いしん坊と言えるのではないだろうか。

「単なるとは言わないけど」

「複雑で味のある食いしん坊？　ま、褒め言葉と受け取っておく」

「あと結婚とかを考えていた」

言ってから、話題に出すんじゃなかったなと後悔したが既《すで》に遅かった。ちゅるちゅるとそうめんをすすっていた彼女が、訝《いぶか》しむような顔で俺を窺《うかが》う。こちらもそうめんを箸で掲げたまま止まる。鼻の近くで止まったそうめんからは、ショウガの香りが強く届いた。

「過去と未来をごっちゃにしすぎじゃない」

「昔を思い出したのはおまけなんだけど」

「結婚を主に考えていた？　それはそれで……こう、据《す》わりがいまいち」

そう言って彼女が座り直す。そりゃ確かに、急に言われても困るだろう。俺だってなにも今すぐ結婚するつもりはないのだ。いや彼女と結婚するかも分からないのだ。ただこのままの流れだと可能性はあるなぁというだけで。しかも結構な高さで。

「二、三年以内にはまじめに考えないと、とか思っただけ」

「それは否定しないけど」

箸の先端を口に含んだまま、彼女が唸《うな》る。子供が宿題に悩むようだった。

「私もちょっとは考えるよ。結婚したら今の仕事をどうするとか、親が見合いの話でも探してこようかとかうるさいし」

「あ、とりあえず見合いは断っておいてください」

「はいはい」

彼女が息を抜いたように、軽く肩を落としながら笑う。む、なにがおかしい。

しかし、見合いか。そういう出会い方もあるんだろうな。

「見合いかは分からんけど、親父たちは引き合わせてくれて、仲まで取り持ってくれた人がいたって常々感謝していたよ。そこまでレールを敷いてくれたら、その人しかいないって思って楽に決まるんだろうな」

昔に聞いた両親の話を出すと、彼女の目が反応する。細く整った目が俺を見た。

昔からそうだが、彼女の顔は凛々《りり》しい。年を経て一層、魅力的《みりょくてき》に映る。

「そういえば、両親いないんだったね」

「あれ、よく覚えていたねその話。何年も前に一回しただけなのに」

「そりゃあ忘れないでしょ。……まー、きみのことだし」

「おぉう」

彼女が珍しくかわいいことを言うので、その顔を覗こうとしたらショウガチューブを振り回された。「照れてる？」とでも聞こうものならたんまりと口の中にショウガを詰め込まれそうなので、距離を置いて彼女の赤らめた頬《ほお》を楽しむに留めた。

それについて尋ねても、暑いからとしか言わないだろう。そういうところがいい。しばらくはこんな緩い空気が続けばいいと思う。

むしろこんな雰囲気を保てないなら、その人と結婚すべきではないだろう。

両親の仲むつまじい姿を思い返して、そこに理想を見出した。

昼飯を食べた後もぐだぐだと、寝転がるだけの無益な時間を過ごした。仕事が忙しいときはもう二度と働きたくねぇ、あれするぞこれするぞと願望が膨《ふく》らんでも実際に暇になるとなにもすることがない。仕事に立ち返ろうとしてしまう。もっと本格的な趣味を始めてみようかなぁと、窓の向こうに浮かぶ太陽を眺めながら考えてしまう。

陶芸《とうげい》とかどうだろう。ガラス細工でもいいし。なにか作るのを求めている感じだ。

「鶴《つる》をひたすら折るとか……どうかな」

「は？　千羽鶴《せんばづる》でも作るの？　お見舞い？」

俺の独り言に彼女が首を傾げる。「いやぁべつに」と寝返りを打って彼女の方を向いた。彼女はそうした言葉をそのまま素直に捉《とら》えるらしく、本当に気にせず別の話題を振ってきた。

「夕飯はどうする？」

本当、そういう話題の多い人だな。大食いってわけでもないのに。

「夕方は、そうだねぇ……外にでも食べに行こうか」

「それはよいですよ」

変な日本語で彼女が賛成する。そして読んでいた本を両手で挟《はさ》むように閉じる。

彼女の本を閉じる仕草が好きだ。ぱたんと、人よりもいい音をさせる気がする。扉《とびら》を閉じる音をずっと柔らかくしたようなそれは、新しいことを始める際の希望に満ちた音にも聞こえた。そこまで言うと我《われ》ながら大げさな気もするけれど。

「じゃ、出かける準備するからちょっと待《ま》って」

「え、もう？」

時計を確かめると四時過ぎだった。晩《ばん》ご飯には少々早い。

「まだ夕方ってほどの時間じゃないけど……散歩ついでに行けばいいか」

彼女と違って身だしなみなど整える必要がないので、大の字に寝転んで待った。

そんな俺を見下ろして、彼女が問う。

「前から疑問なんだけど」

「はいなにか？」

「男って身支度《みじたく》に時間かけなくてもいいのに、なんで待ち合わせに遅刻《ちこく》するのかな」

彼女が腰に手を当てて憤慨《ふんがい》する。俺は待ち合わせって遅れない方なんだけどな。

待ち合わせる時間を曖昧《あいまい》にするから。

「人によるだろ。かけるやつは一時間、二時間を当たり前に費やすよ」

大学時代も髪型を決めるために朝六時に起きている、間違った健康的な生活を送るアホがいた。やつは講義が終わる度にトイレへ直行して、洗面所の鏡で髪に櫛《くし》を入れるという忙しい生活を繰り返していた。待たされる友人は一様に『さっさとハゲてしまえ』と思ったものだ。まぁそういう極端《きょくたん》なやつもいる。

「じゃあきみは？」

「俺も、ほら、ヒゲ剃《そ》ったり歯を磨《みが》いたり」

今後、絶対に待ち合わせに遅れない保証がないので予防線を張っておく。いや張っておこうとしたけどあまり理由を思いつけなかった。これは今度から遅刻できないね。

彼女の準備とやらは十五分ぐらいで終わった。化粧《けしょう》なんて外を歩いて汗《あせ》かいたら終わりだと思うが、その意見を口に出すほど愚直《ぐちょく》ではない。黙って上司や同僚に見つからないようにマンションを出た。既婚者《きこんしゃ》、独身《どくしん》問わず住むことができるのはありがたいが、肩身《かたみ》も狭《せま》いし古くからの派閥やらなんやらが面倒で、どうにも住み心地は悪い。

外に出てからは閑静《かんせい》な住宅街から一本外れて、児童用の公園の前を通る。道路まではみ出すように生い茂《しげ》った木の生む木陰が心地よくて、夏はいつもこの下を歩く。逆に冬は日差しが届かなくて寒々しく、この道を通る気になれない。

人通りはほとんどない。公園で遊ぶ子供というのもめっきり少なくなった。きっと今頃《いまごろ》は冷房の効いた部屋でゲームでもしているのだろう。代わりに騒々しいのは蝉。頭の上が本当にうるさい。夏も終わりに近づくと、寿命の差し迫った蝉が頭に落ちてくることもしばしばある。それだけならいいが、小便《しょうべん》を引っかけるのは許しがたい。

「しっかし、町の方に出るのも不便だよね。拓也の住んでるとこさ」

緩く上り坂となった道を歩きながら、彼女が愚痴《ぐち》る。

「将来的には出て行くよ」

「あー……あれ、結婚したらーとか？」

昼の話題と絡《から》めてか、彼女が喉《のど》になにか詰まらせるような物言いで冗談《じょうだん》めかす。

言いづらいなら言わなければいいのに。と、思いながらも俺も言ってしまう。

「将来的には結婚も考えている。きみはそんな相手なんだ」

言ってから、これも口にする必要あったかなぁと後悔《こうかい》した。同時に不安も募《つの》る。

俯《うつむ》きながら、不安をはね飛ばすために尋ねてみた。

「ええとあの、この調子で何年か経ったら、結婚してくれますかね」

下手《したで》に出て、お伺《うかが》いしてみる。恐る恐る顔を上げて彼女の反応を確かめると、非常に希少《きしょう》なものが拝《おが》めた。彼女がにたにたと、ともすれば意地悪く見えるほどにやついている。自覚があるのか手で口元《くちもと》を覆うが、今度は目がうにうにとひくついた。

「な、なんだよ。おかしいか」

「だって、子供が悪さを許してもらうときみたいに言うんだもの」

そう表現して彼女が肩を揺する。後ろから歩いてくる男にまで笑われている気がして、屈辱《くつじょく》だった。世界全体に笑われている感じだ。なんという幸せな被害妄想《ひがいもうそう》だ。

「とにかく結婚すんの。いいねっ」

勢いで婚約を申し出て話を締めくくった。恥《はじ》の上塗《うわぬ》りとはまさにこのことではないだろうか。何年か先の、もしかしたらという話のはずがいつの間にかこの場で結婚するような内容にすり替わっている。そこを笑いながらも子供をあしらうように、

「はいはい、」

彼女が頷殴《なぐ》られた。何気なく通り過ぎようとしていた男に、思いっきり。

結果として彼女はものすごく急な角度で頷いたことになる。

あれ。

なにこれ。

目が点になり、真っ白な火花が散り、最後に怒りで頭が熱くなった。

頭皮からの発汗《はっかん》で髪がずぶ濡《ぬ》れになるように、瞬間的に沸騰《ふっとう》する。なんだお前と問うことと、摑みかかろうとするのが同時だった。だけどそのどちらも避けるように、男が横に逸《そ》れる。まずいと思った直後には俺の頭にも石が振り下ろされたように、硬《かた》い拳《こぶし》が叩きつけられていた。人間に頭を殴られただけで意識が霞《かす》み、吐《は》き気をもよおすことになるのは未経験だった。続けて顎《あご》を殴り抜かれて、膝《ひざ》が笑って崩れ落ちる。

二度も強打されると抵抗の意欲はすっかりそげ落ちて、ごめんなさいという気持ちでいっぱいになる。悪いことなどなにもしていないのに謝りそうになってしまう。

とにかくもう痛い目を見たくないという一心で、譫言《うわごと》のように謝罪する。

そして後方から見計らったように現れた車の後部座席に、彼女共々連れ込まれる。

拉致《らち》。誘拐《ゆうかい》。

そんな非常事態を表す言葉が思い浮かび、頭の中が真っ白に浸食《しんしょく》されていく。重ねて横にされた彼女の方にも意識があって涙目《なみだめ》になっていた。彼女が泣きそうになっているところなど初めて見る。痛みの怖さを間近で見ることになり、戦慄《せんりつ》する。

どうなってしまうんだ、俺たち。

お互いの目に、不安が合わせ鏡のように浮かぶ。

拉致されるほど酷《ひど》いことをした心当たりなんか、むろん、なにひとつないのに。


交通事故に遭《あ》うことを本気で考えて道を歩くやつは、多分少ない。本当に事故に遭って大変なことになるのが自分の将来だなんて、覚悟《かくご》して生きているやつもいない。将来のことを考えるのは前向きだと言うけどそこには少し落とし穴《あな》があって、人生が悪化することについては考えようともしない。明るい部分しか見ようとしない。

俺がまさに、そうだった。

それなりに不幸で、まぁこれ以上は悪くならないだろう。

漠然《ばくぜん》と根拠《こんきょ》もなくそんな安心を抱いていた。そう、今が底だと思っていた。

こうして拘束《こうそく》されて床《ゆか》に転がされるまでは。

拉致されて連れられた先は、古めかしい西洋風のお屋敷だった。赤い絨毯《じゆうたん》は煤《すす》けたように色が霞んで、天井と壁の接着する場所にはまるで作り物のように蜘蛛《くも》の巣《す》が張られている。手足を拘束されたまま担《かつ》がれて運ばれた俺たちは、食堂のような場所で床へと落とされた。そして連中は足早に部屋を出て行き、重苦しい扉で閉ざされる。なにが始まるのか、いったいどういうことなのか。不安で仕方ないが彼女が口をつぐんで険しい顔で耐《た》えている手前、弱音《よわね》を吐くことはできなかった。意地を張って、ことの成り行きを静観する。携帯電話や荷物は没収されてしまったので、後は善意の目撃者《もくげきしや》が通報でもしてくれていることに期待するしかない。しかし、あの道は人通りが少ない。暑苦しくなくて丁度《ちようど》いいと、あの道を選んだことを激しく後悔する。

屋敷の中は蟬の声も聞こえやしない。室内は冷房によって温度が低く保たれているが、この状況《じようきよう》では寒気を募らせて震えるばかりだった。生まれてこの方、犯罪《はんざい》に関わることなど一度もなかった。加害者でも、被害者でもない。そんな俺や彼女がなぜ、急にこんな目に遭うのだ。憎々《にくにく》しさと恐怖が自分の中でせめぎ合っている。

この状況を打破したいと願うのは間違いない。ただそれは二種類の気持ちが含まれていて、怒りのままに事態を脱したいという強い心と、もうひとつは何事もなく終わって、どうにか、お願いしますと平身低頭《へいしんていとう》なにかに祈《いの》りを捧《ささ》げる切実なものだった。

そして俺の中で、割合を食っているのは後者だった。拉致される前の暴力が後を引いて、恐怖の巣を作り上げていた。そこからぷちぷちと卵《たまご》が弾《はじ》けては、支配を広げる。

やがて食堂に人が入ってきた。俺たちを誘拐した連中とは違う顔ぶれだ。

一人目は大柄《おおがら》な男だった。そこまで長くはない髪を後ろにやって、額の狭さがめだつ。頬がいやにテカテカと脂ぎっていて、血色の良さそうな男だ。男は俺たちを一瞥して、ニヤニヤと品のない笑いを浮かべる。彼女の一番嫌いそうな外見だった。

二人目は老いた男だった。高齢《こうれい》で足が利かないのか車いすに乗って運ばれてくる。一人目同様、俺たちを見てにやつくばかりだ。瘦《や》せ細った老人の車いすを押す三人目の男は背が高く、体つきががっしりとしている。一人目の男が肥《ひ》満体《まんたい》で大柄なら、その男は偉《い》丈夫《じょうふ》といった見た目を誇《ほこ》る。ただし顔を支配する愉《ゆ》悦《えつ》の質は変わらない。

そして最後に入ってきた中年は醜《しゅう》悪《あく》な容姿と裏腹《うらはら》に、身なりが整っていた。団子《だんご》を縦《たて》に押しつぶしたような顔つきよりもそちらに目が行く。しかし当然だが顔の方も、ニヤニヤと不気味に笑うことに恐怖を覚えるのは間違いない。

俺たちを拉致した連中も後から入ってきて、四人の側に控える。欲を剝《む》き出しにしているような四人と異なり、こちらを冷淡《れいたん》に見下ろしていた。

「余分なやつまで連れてきたが、どうする？」

「困ったねぇ。帰すわけにもいかないし……順番は……」

一人目と老人が何事かを相談している。余分なやつ、というのは俺のことだろうか。

彼女を狙《ねら》っての拉致。そして目の前には男たち。不埒《ふらち》な目的なのは明白だった。

俺たちを玩弄《がんろう》するために誘拐したとすれば。

彼女のことを考えて、血の気が引く。このままじゃだめだ、絶対に。

流されてはいけない。悲劇の傍観者《ぼうかんしゃ》であってはならない。

でもどうすればいい、といくら考えても拘束されている現状では打開策《だかいさく》なんかあるはずもない。こんなことになるなんて誰が常日頃《つねひごろ》から想像し、予想し、対策を練《ね》っているものか。……けどそれでも、彼女が蹂躙《じゅうりん》されるのを静観するわけにはいかない。

がんばったでも、想ったでもだめだ。結果を、救うという結果を出さないと。

「俺たちをどうするつもりだ。金で済むなら貯金を全額譲《ゆず》ってもいい、帰してくれ」

勇気を振り絞《しぼ》って提案する。金で安全が買えるなら安いものだ。だが、四人は顔を見合わせて微笑むに留まり、返事もしない。見た目と雰囲気だけで半分分かっていたことではあるが、どいつもこいつも、金に困っている様子はない。この屋敷の持ち主が四人の中にいるのなら尚更《なおさら》だ。

しかし自分が傷つく代わりに差し出せるものは、金しかないのだ。

逆ならともかく、彼女の代わりに俺を差し出して満足するか？　そんなわけがない。

「俺たちを、どうしたいんだ」

慎重《しんちょう》に、怯《おび》えを殺すように低い声で。こちらは、真剣極《しんけんきわ》まりなく尋ねているのに。

四人の内の誰かが答えるそれはあまりに軽く、そしてこちらの神経を掻《か》きむしる。

「え？　ああ、食うんだよ」

……くう？

くう。

くう？

意味が分からない。

直感的にも、深く考えても。まったく意味が分からなかった。外国の知らない単語を使われているような感覚で、それに気づいたのは隣の彼女の顔が青ざめていくのを見て取ったときだった。くうって。まさか。

食う、なのか？

そんなはずはないだろう。俺たちも、相手も。人間だぞ。

人なんだぞ。

理解の追いつかない俺を無視して周囲が動き出す。四人に付き従うように立っていた連中がこちらへ向かってくる。離せと口が語る前に本能が恐怖して逃れようと、身体が勝手に暴れる。しかし拘束されては抵抗もできない。彼女も同様に、いやだはなせと叫んで逃げ惑《まど》おうとして、それが叶《かな》わない。引きずられるように、部屋の外へと連行される。俺と彼女の目があう。不安に揺れる目が四つ。なにもできない俺は目も逸らせず、見つめていることしかできない。

先に連れて行かれるのは彼女だけのようだった。俺はそのまま床に転がされて、放っておかれる。あの四人は食卓を囲いながら談笑している。俺など無視するように、なにもないように。まるでこれからすばらしい食事が始まるのを待ちわびているように。食うという言葉を思い返して震える奥歯が鳴る。

「っか、っあ、」

なにか言おうとしても、言葉が出てこない。なにを言えばいいのか、なにを聞けばいいのか。目の前のこいつらに、俺の言葉が通じるのかも不安になっていた。

「今日ははしゃいで昼飯を抜いてきましたよ」

「おや。飯を抜くと胃《い》が縮んで、かえって食べられなくなるそうですが」

「大丈夫《だいじょうぶ》。牛乳は飲んできました。胃に膜《まく》を作っておくとよいらしいので」

「それぜーんぶ漫画《まんが》の知識じゃないですか」

四人の間には食事の話しかない。和《なご》やかな空気が漂い、この世のものとは思えない前触れさえなければ、誰もなにも疑問を挟まない調子だった。その空気から離れて見せつけられている俺には寒気《さむけ》しかない。聞いているだけで頭がおかしくなりそうだ。食うって。いや、食うって。ネット上を探してみれば、確かにそんなニュースもある。だけどあれは外国の、俺と関わりのない、遠い世界の話だ。こんな身近で、それも彼女が、俺が、なんて。おかしい、そんなの。おかしいだろう、絶対。

理不尽極《りふじんきわ》まりなく、しかし思う。

自動車事故に遭うとき、俺を轢《ひ》く車は恨みを持っているのだろうか。

衝突《しょうとつ》する自動車自体は金属の塊《かたまり》に過ぎず、故《ゆえ》に、事故なのだ。

目の前で談笑しているこいつらが人間でないとすれば。

なにも否定する材料など、ないのだ。

「ところで、きみ。きみは幸せなのかい？」

偉丈夫が振り向いて、俺に話しかけてくる。気さくに、友人に問うように。

こいつらの感覚にとてもついていけていないために、返事をすることも辛かった。

なんだその質問は。そんなわけ、ないだろう。

「今まで大したストレスなく生きてこられたか、と聞いているんだ」

男が質問を重ねる。ここで彼女のことを踏まえればとても意地を張ることはできず、顎を小さく引く。声は出なかった。それでも男は満足したらしく、口もとを緩める。

「激しい幸せとはときに、痛みや傷を伴うほどに心を揺さぶるものだよ」

老人が口を挟む。すると太った男が茶化《ちゃか》すように手を叩く。

「さすがご隠居《いんきょ》、人生経験が違う」

「失礼な、まだ隠居したつもりはないぞ」

老人がぶすったれて顎を撫《な》でる。そのやりとりに醜悪な男が肩を揺らす。

「でも幸せってなんでしょうねぇ」

「そりゃあ、おいしいものを食べるときでしょうよ」

「違いない」

太った男の意見を、偉丈夫が喝采《かっさい》する。酷くかんに障《さわ》る笑い方だった。

こいつらの正常じゃない笑い話には寒気しか覚えない。うまいものを食べるとき。

先ほどの発言とあわせて、胃がせり上がるようなストレスを感じる。

「な、なんなん、ですか。あなたたちは、これ、拉致、」

「その通り。拉致だよこれは」

太い男が平然と肯定《こうてい》する。良心《りょうしん》の呵責《かしゃく》など微塵《みじん》も感じていないようだ。

「いや言い方が違うでしょう。もっと適切なのが、うぅん、ど忘れだ」

「ブドウ狩り、はちょっと違うか」

「そういう方向性だとは思うんですがね」

四人の内、二人が頭をひねる。残り二人のどちらかが、話をまとめた。

「まぁとにかく悪いことはしてるねー」

「バレないようにしないとねー」

「つまりねー」

いびつな子供を演じるような調子の後、四人が一斉に俺を見下ろす。

童話《どうわ》に出てくる、言葉を持たない小鬼《しょうき》に囲われているような心境だった。

両親との死別より深い孤独《こどく》と恐怖が、わずか四人によってもたらされる。

連れて行かれた彼女が無事かどうか。まだ生きているのか。気が気でなくて首をいくら伸ばしても、閉ざされた扉の向こうを見ることはできない。重苦しい扉は防音も完璧《かんぺき》なのか、悲鳴さえ聞こえてこない。重苦しい心を支えきれず、身体がずぶずぶと絨毯に沈んでいくようだった。脳が麻痺《まひ》して、考え事が積もりきって、目の前が暗転していく。それが微《かす》かながらも晴れたのは、その扉が開かれて彼女の声が聞こえてきたからだった。必死に、喉を突き出すような姿勢で顔を上げる。

首だけ派手に暴れて抵抗しようとしている彼女が、そこにいた。

生きていた！

まだ生きていたことに涙が出るほど安堵《あんど》する。しかし彼女は裸《はだか》に剝かれて、しかも、手足を伸びきった状態で拘束されていた。暴れることもできず、なにも隠すことも許されず。顔が真っ赤に染まっている。そんな彼女を見て、俺の絶望はまだ終わっていないのだと、一瞬だけ感じたまやかしの光明を見失う。

彼女はテーブルの上に運ばれた。テーブル中央、不安を煽《あお》り、吐き気を伴うような想像しかできない嫌な位置だ。なぜ、大きな包丁《ほうちょう》が必要なんだ。なぜ、各自の手元に皿があるんだ。いったい、彼女をどうする気なんだ。食うって、なんだ。

その言葉が比喩《ひゆ》であってほしいと願った。

「興《きょう》がそがれる。退室してもらえんかね」

「その通りですな。おい、下がれ」

老人が提案して醜悪な男が部下を外へと退出させる。

いよいよ始まるという空気を感じて、胃が縮み上がる。

彼女が傷つくだけを、もちろんそれも最低だけれど、それよりもっと深く、どうしようもない事態が起きてほしくないと。地獄の底で、わずかなる慈悲《じひ》を願って。

懇願《こんがん》して。

誰も聞き届けずに。

助けてと叫ぶ彼女を誰もが、俺さえも無視する形になって。

そしてやつらは寄ってたかって、本当に彼女を食い始めた。

カラスがゴミ袋をつつくように。

蟻《あり》が虫の死骸《しがい》を運ぶように。

醜悪に、粗悪《そあく》に。その腐臭《ふしゅう》の伴うような醜《みにく》さを隠しもせずに。

見なくていいのなら、触れなくていいのなら。

目をそらせるのであれば、せめてそれぐらいの救済がほしかった。

なにも分からなくなってほしいのに、その光景を俺は一生涯《いっしょうがい》、忘れられないだろう。がりがりと、彼女の指を噛み始める。気丈《きじょう》な彼女が泣き喚《わめ》いて身体を動かそうとしても身じろぎ一つできない。あいつらは彼女を痛めつけるのではなく、本当に、食うつもりなのだ。指の先端がぶちりと食いちぎられる。彼女が、あいつらに、飲まれる。

骨まで噛み砕《くだ》くように。堪能《たんのう》するように。肉がそがれて、骨をしゃぶられて。彼女が上を向いたままあまりのことに嘔吐《おうと》する。吐瀉物《としゃぶつ》で窒息《ちっそく》して死にそうなほど溢《あふ》れるがあいつらはまったく無視して指の関節に強く歯を立てて、ぶち、ぶち、ぶちりと。

彼女の指がなくなった。もう戻らない、絶対に生えてくるはずがない。彼女が、彼女が、彼女が。彼女が本当に失われていく。彼女の指が、俺に触れていたそれが、あいつらの腹の底に転がっていく。醜悪なやつらの体内に、彼女が？　なにそれ、なぁ。

彼女の悲鳴が遠い。遥《はる》か彼方《かなた》に沈む夕日の残滓《ざんし》だけを浴びているように、淡く、おぼろげだ。彼女が次々に、次々に、次々に食われていく。手の甲が、骨が、しゃぶられて、もう、戻らない。戻らないんだぞ。彼女が、彼女が、彼女が。けがじゃない、埋まらない。二度と生えない。手首が、足首が。嚙まれて、砕かれて、飲まれて。

彼女はこれから先、生きていたとしても手足を食われてなくしたままずっとそのままでだけどそもそも生きていることがきっとできなくて、食われて、食われて、どこに、彼女はどこにいく。彼女は気絶してもすぐ痛みで起き上がってしまう。血も、血も飲まれる。彼女がどんどんあいつらに奪われて、消えていく。彼女が消化される。

どこにいた。

どこに出てきた。

俺と彼女の人生のどこに、お前たちがいた。

割り込むな、遮《さえぎ》るな。奪うな。

止めてくれと言った。

助けてくれと言った。

でも、誰も振り向くことさえしなかった。

目の前に幾重《いくえ》もの青い線が走る。壊れた液晶のように、世界が崩れていく。信じられない。目の前の景色を脳が受け入れて、しかし心が認めまいと抗《あらが》っている。そうした俺の争いなど無視して、彼女が、が、が、どんどん、どんどん食われていく。なくなっていく。

笑顔が。どこも欠けることなく、時々見せたあの笑顔が。安らぎが。心の平穏が跡形もなく。ばりばりと。骨の砕ける音が、世界の軋《きし》みにも聞こえる。崩壊《ほうかい》していく。

左腕がもうなくなっていた。大きな骨だけが、外れた骨だけがぽいっと、捨てられる。行儀悪くテーブルから転がり落ちる。彼女はもう正気を保てなくなり、白目《しろめ》を剝いたまま戻らない。悲鳴もえづくようにぶつ切れで、え、え、えと不明瞭《ふめいりょう》なものとなる。びくんびくんと跳ねる手足がどんどん短くなって、最後は、なく、なくなって。

彼女が、裂《さ》かれる。かぶりつき、血管や神経をそうめんのように吸い出す、吸う、その段階で俺も彼女も嘔吐して、目より先に頭が壊れそうだった。人間じゃない。エイリアンの捕食。そうと思いたくて、でもそんなことはどうでもよくてとにかく、彼女を食うのを止めてくれれば相手がなんでもよかった。原形を留めず、股間を、尻を、肩を食いちぎられる彼女は既に事切れているように反応を示さない。そんな彼女をいつまで彼女と認識していられるか怖くなる。彼女の食事に邪魔《じゃま》な骨が捨てられていく。からんからんと。もう俺と彼女は地獄にいて、なにかの罰《ばつ》を受けている。そうとしか思えないほど、目の前の景色は世界が違った。

俺と彼女が昼飯を穏やかに食べているあの時間とここが、地続き？

あり得ない、あり得ない、あり得ない。

彼女が、どこまでもべちゃくちゃ、ずるずる、と。

耳を塞《ふさ》ぎたくなる音が前後に連続して、繋がりを生む。

旋律《せんりつ》が響く。

戦慄する。

どうして、こんなことになったんだ。

一章　『魂の牢獄』

伝聞した怒りや憤り、同情、憐憫《れんびん》などすべて偽りに過ぎない。

俺が感じているものも、俺に対して向けられるものも、すべて。


ここは肉体を癒《い》やす場所でありながら、魂にとっては牢獄《ろうごく》に等しかった。

心に生じた大きな傷を癒やすための滋養《じよう》はここになく、食わせろ食わせろと肉体の檻《おり》をかみ続ける。そうしていつかそれにも疲れて、飢え、老いていく。

それは心に平穏を宿したのではなく、衰弱《すいじゃく》したに過ぎない。

今はまだ暴れ続ける魂に俺は応えたかった。

そのために肝心《かんじん》な身体は深く、どこまでも沈んでいくようだった。

重力に抗うことができず、星の中心へと埋没《まいぼつ》していくような感覚から逃れられない。

痛覚と触覚《しょっかく》を失っていても、両足の重さは感じる。元々くっついていたはずのそれは今やただの重荷となり、ロケットの推進剤《すいしんざい》のように放り捨てたいぐらいだった。

左腕や胴体《どうたい》も、身体全体を使わずに支えるには余りに重すぎる。

鬱屈《うっくつ》とのせめぎ合いが心さえも沈殿《ちんでん》させて、天井を遠くする。

それでも俺の目は爛々《らんらん》と、煌々《こうこう》と過剰な光に満ちていてやるせなくて。

俺の意思を体現するのは、右腕だけだった。

病院のベッドに横たわったまま、右手だけが天井へと伸びる。起き上がる気力もないほど燃え尽きていた。比喩ではなく本当に燃えたのだ。手足が、ぼうぼうと。

昼間、電源をつけた覚えのない小型のテレビが同じ病室の連中に迷惑がかからない程度の音量で、放火のニュースを流している。これまでに七件ほど火をつけて回っているやつと同一犯の線で調査中らしい。未だ捕まっていないそうだが、こいつが俺の命の恩人その他諸々か。

あのとき、建物に放火するやつがいなかったら間違いなく俺も殺されていた。火災の混乱に応じて死にものぐるいで逃げ出すことはできたが、代償《だいしょう》として左腕と両足が動かない。腹筋《ふっきん》と背筋《はいきん》も働きが曖昧になっている。燃えもしたし、倒壊する壁に潰《つぶ》されもしたから当然かもしれない。

中途半端《ちゅうとはんぱ》に幸運が訪れなければ、間違いなくそのまま焼け死んでいた。だからだろうか、この放火犯に感謝する気になれないのは。むしろ怒りのようなものさえ感じてしまうが、これは、八つ当たりというやつなのだろう。

火災による死傷者は、一人。あいつらは全員逃げ延びたということだ。

以前の俺だったらこの現実に絶望していただろう。左腕と両足が動かなくなって、肌《はだ》もやけどの跡だらけで。泣き喚いて現実を受け入れずにふて腐《くさ》れた一生を送ったかもしれない。だけど、それよりも絶望的なことが起こってしまった。絶望のトンネルは更に奥があった。そこを覗くついでに自分を一瞥しても、心は冷めてしまう。

逃げるのに必死で、取り残されたであろう彼女に気を配ることもできなかった。

それでも、助かって運がよかった？

違う、俺はなにも助かってなんかいない。

なにも終わらない。テレビの電源を切るようになにかが終わるかと思ったのに、そうもいかないようだ。ノイズだらけの画面を映したまま、ざぁざぁと、音が鳴る。

「本当のことを言うとね、あなた生きているだけでも奇跡なのよ。大けがに、大やけど。運がいいとは言わないけど、心が強かったおかげだと思うわ」

食事を運んできた看護師《かんごし》がそんな話をする。その話は医者から聞き飽きた。病院に搬送《はんそう》されてから数日で意識が戻ることも異常なほどの重体だと。俺だって、眠っていられるなら何年でも、何十年でも意識なんて戻らなくてよかった。

彼女のいない世界を見つめることが、俺になんの意味をもたらすというのか。

「今日は少しぐらい食べられそう？」

「……足」

看護師の質問を無視して呟《つぶや》く。声が自分のものとは思いがたいほど低い。

「足が熱い」

虫が這《は》っているようにぞわぞわとして、掻きむしりたくなる。だけど身体を起こすこともできない俺にはそれも無理だ。なにも、なにも。

「やけどが治ったらまた歩けるようになるのか？」

看護師に尋ねる。把握《はあく》しているかは知らないが、聞かずにはいられなかった。

「正直に言った方がいい？」

「気休めはいらない。とにかく現状を知りたいんだ」

知らなければ次になにをすればいいのか決められない。

俺はなにをしていけば、やつらを。

「そうね……右足は訓練次第で少し動くようになる、かもしれないわ」

どこまでも言葉を濁《にご》して曖昧だった。どこが正直だ。ただ分かるのは左足が絶望的なことと、右足にも期待するなということだ。自力で歩行するのは絶望的らしい。

それならば、まず必要なのは。

「……車いす」

「えっ？」

「そうだ、車いすが必要だ。自在に、どこへでも行ける足がないと」

『やつら』の一人を思い出しながら、脳がねだる。心が求める。俺に今必要なのはどこにでも行ける足、そして誰をも殺せる腕だった。殺しにいかないといけない。

あいつらを、全員。皆殺しにしないと。

心の平穏は殺戮《さつりく》の向こうにしかなかった。

「色々と考える前にけがを治した方がいいわ。そのためには食事を……」

トレイの上の食事を一瞥して、魚の切り身にかぶりつく。種類は白身、名前は知らん。とにかく肉に変わりない。骨も無視して丸ごとかじりつき、咀嚼《そしゃく》する。

顎を動かす度《たび》に涙がにじんでは流れていく。いくらでも溢れて止まらない。

味付けの薄い病院食に振りまかれた涙に、塩味は含まれているだろうか。

「ちょ、ちょっと」

どういう食べ方だと看護師が目を丸くする。確かに顎と歯茎《はぐき》が痛い、だが。

「……にひゅっ」

「えっ？」

飲み込む。幸い骨は喉に刺さらなかった。胃に異物が入り、動き出すのを感じる。

俺の人生がまだ続いていることには、きっと意味がある。だから、

「もっと肉が、食いたい」

俺は逃げない。立ち向かい、かみつき、食らってみせる。

彼女を失ったという現実がどれだけ苦くとも、その味を忘れてなるものか。


入院から二週間経って、彼女が一度も見舞いに来なかったので『あぁもう本当にいないんだな』と実感が湧《わ》いてきた。その事実は遅効性《ちこうせい》の毒《どく》のように蝕《むしば》んでくる。身動きのとれない入院中、動く箇所《かしょ》は頭と右手ぐらいしかない。大人しく寝転んでいるだけで歯がゆく、気が狂いそうだった。なにをしているんだと、自分に怒りが湧く。

今もやつらが生き延びて、のぅのぅと暮らしているのに。

今こうして感じる哀切《あいせつ》や憎悪《ぞうお》も、まがい物に過ぎない。

やつらを前にしてこそ、本物が俺に宿り形を成すのだ。

あいつらに家庭はあるのか？　愛する家族がいるのか？　是非《ぜひ》いてくれと願う。

あいつらに愛と幸福があってほしい。

やつらの目の前で皆殺しにしてやるから。

「そのためなら、リハビリでも、何十年かかっても」

歯ぎしりと共に呟いた決意を右腕に重ねて、掲げようとする。

だが右手を少し上げただけで息が上がり、大きく疲労を吐き出す。

睡眠不足で弱った身体は重々しく、血管に疲労が詰まりを起こしているようだ。この病院へ来てからほとんど眠れていない。冷めやらぬものがあるのも理由だが、もっと大きな要因は異常を来した目にある。

俺の目の前は光がなくとも過剰に明るい。そうなってしまった。なにが原因か分からないが明暗の切り替えが行われなくなり、昼と夜の区別もつかないほどだった。

たとえ目を瞑《つむ》っても、真っ赤で、どろどろと溶けるようなまぶたの裏側が見える。安息《あんそく》はない。眠るというより不眠がたたって気絶するしか、休みを取る方法はない。

だがこれは夜目《よめ》が誰よりも利くことを意味する。すべてが悪い方向に向かっているわけじゃない。これ以上、地下の岩盤を掘ることは不運だってできはしない。

身体の向きを変えるだけで汗が噴き出るほど右腕に頼る。それから足を引っ張りあげる。足を反対の足の膝《ひざ》に引っかけて、靴《くつ》を履《は》く。それから身体を少しずつベッドの端へとずらして、車いすに乗る姿勢を作っていく。その途中、なぜ自分は生きているのだろうと悩むことと、彼女を失ったことへの喪失感《そうしつかん》で頭痛が酷くなる。

　こんな風に、段取りを決めて身体を動かすのが辛くなるときがある。

　水をめいっぱい含んで重くなった木を引っ張り上げるように、嫌になる重さの足。折れずに腐ってしまった枝のような左腕。どこもかしこも痩せ細って原形を留めないほどなのに、それを必死に鍛《きた》えているはずの右腕で動かすのは至難だ。意識のない人間を抱えて運ぶのは大変に苦労するというけど、これはそれと同じことなんだろう。

　手足がもう自分の身体とは思えない。ついている意味もさほど感じなくなってきた。

　今までの俺の身体は各所が繋がり、ブロック状の物体を動かすように統一感があった。大ざっぱでもなんとか動いたものだ。だが今は、身体が細切れになっているようだ。身体の各所に一つずつ意識を回して、順番通りに動かしていかなければ操作がままるでおぼつかない。それは脳の休まるときを奪い、あらゆる意欲を減退させる。

　どうしても色々辛くなったら、あいつらのことを思い返すようにしている。彼女を思い出すようにしている。引き合いに出す度、俺の脳に赤い亀裂《きれつ》が走り、世界は怒りで醜いものになる。そうすると顔を上げることができる。

歯を食いしばって、目の前に幻視《げんし》するその光景へわずかでも近づこうと、身体が前へ動く。感覚を失った身体の左側に熱いものが流れ込み、ほんの少しだけ重力を克服《こくふく》してリハビリを続けることができるのだ。

あまりに入れ込むとそのままリハビリを担当《たんとう》する男や一緒の部屋にいる患者《かんじゃ》まで殺したくなるけど、それは右腕で脇腹《わきばら》を殴り続けることで堪《た》えた。とにかく、人を傷つけたくなる欲求と頻度《ひんど》が高まってきているのを感じる。いい兆候《ちょうこう》だ。

今の状態を維持《いじ》できれば、きっとやつらを殺すときに失敗しなくて済む。

そのときを夢《ゆめ》見ながらただ、ただ身体を鍛えて動かすために練習を繰り返す。衝動を、殺意を燃料として身体を動かしていけるようになれば、俺はもっと自由になれる。

右腕しかまともに動かないという感覚に身体が慣れつつあった。

入院から半年が経った。リハビリセンターに移り、身体を鍛えることの繰り返し。代わり映えしない焦燥《しょうそう》の中、その日、俺に初めての来客が訪れた。

やつらが俺を始末するためにやってくることもない。やつらも火事場から逃げることで頭がいっぱいだったし、俺になどもう興味がなくなったのだろう。報道では死体が一つとなっているが、それが俺だと思ってもおかしくない状況だった。好都合《こうつごう》だった。運命は彼女を嫌ったが、俺のことは味方するつもりかもしれない。

「凄いですね。ここまで熱心な人は、なかなかいない」

「……そうですか」

俺のリハビリを担当する男が褒めながらタオルを渡してくる。身体を数分動かすだけで汗だくとなる。今まで以上に生きるということに神経を注がないといけない。

タオルで額を拭《ふ》いた後、この入院中に伸びた髪を手ですくう。櫛も入れていないので髪が絡《から》まって、指でそれをひきちぎると頭皮に痛みが走った。ついでにまた皮が剝けたばかりの手のひらもぞわぞわとくすぐったい。ここ数ヶ月は車いすの操作もリハビリの一環として取り組んでいるが、力を入れすぎるなとよく注意される。

手のひらは皮が何度も剝けて、肉の方がツルツルと凹凸を失っている。そこに破れた部分から血が溢れて、包帯を何度巻き直しても追いつかない。俺の場合は右手だけで両方の車輪を動かさないといけないので、通常より遥かに腕力が必要だった。

だが、やつらに一秒でも、一歩でも早く詰め寄ろうと意識してしまうとどうしても、車輪を全力で走らせようとしてしまう。これればかりは止められない。止めれば俺のリハビリも終わる。

抜けた毛を人が見ていない方向へ捨てて、その視線の先にある右足の先端を睨む。息を吸い、体重をかけるようにして床を踏み込む。緩慢《かんまん》ではあるが、足は動いた。

看護師の言うとおり、右足だけがほんの少し動くようになった。と言ってもわずかに踏み込めるぐらいで、持ち上げることはできない。膝より高くは上がらないのだ。

受け取ったタオルを返して、また体育館の中央へ移動する。外の坂を上る練習と下る練習も繰り返してはいるが、そうして行動を共にする度、貸し出された車いすへの不満が募る。操れるようになる度、物足りなくなってくるのだ。日常生活を送るには十分だというが、それは人を殺さないやつの生活に基づいている。俺には、もっと速いのがいる。

もっと速く、誰にでも追いつける足がほしい。丈夫なら尚《なお》いい。

たとえば、いすごと人に体当たりして相手の骨を粉砕《ふんさい》できるぐらい。

右手で操作していると、当然ながら手が塞がる。相手を殺すどころではないのだ。

一応、そのための練習もリハビリの時間外に積んではいるが、先行きは暗い。

そうしてリハビリは前進しながらも復讐が進まないことに苛立《いらだ》っているとき、そいつはやってきたのだった。

入り口付近にいた医師と二つ三つやりとりした後、ひょこひょこと左右に揺れるように歩く、変な老婆《ろうば》が近寄ってきた。露骨《ろこつ》にこちらを目指してやってくる。格好が白衣ではないし、なにより年齢《ねんれい》から病院の職員ではない。手入れしていないのか樹海《じゅかい》のように色濃く、そしてワカメのごとく茂った髪がめだつ、目玉の小さいババアだ。なぜか喪服《もふく》を着ている。葬式《そうしき》の帰りなのだろうか。

妖怪《ようかい》の一員みたいに鬱蒼《うっそう》とした老婆が顔の皺《しわ》を目立たせるように、にぃっと笑う。

気味が悪い。

「三日ほど観察させてもらったけど、あんたが一番、鬱屈としているね」

「あ？」

話しかけてきたババアに面識はない。そして鬱屈なやつに鬱屈だねと指摘して友好をもたらすとでも考えているのだろうか。無視して練習に戻ろうとすると、

「あんた、いい車いすがほしいんだろう？」

ババアが俺の肩を気軽に叩く。右腕の筋肉《きんにく》を確かめるように腕を揉《も》んできた。

「……看護師か先生にでも聞いたのか。あんた、なんだ」

「その前に名前を名乗るのが礼儀《れいぎ》ってもんだろう？」

そっちから話しかけてきて、なにを言っているんだこのババア。

「私は赤佐《あかさ》。赤佐クリスティ」

きひひと老婆が不気味に笑う。病院の行くところを間違えてないかね。

「ほれ、こっちが名乗ったんだ。あんたも名乗りな、損はさせないよ」

ババアが催促《さいそく》するように指を折り曲げる。名乗ったって、偽名《ぎめい》だろどう考えても。

やつらの関係者かと疑っていたのだが、どうもその線は薄いようだ。やつらの知り合いなら俺の前に素手で現れるはずがない。

始末するにしても、身を守るにしても、だ。

「……ダンタクヤ」

「おやおや、どこかで聞いた名前だ」

「うるさいな、どうでもいいだろ。それより、なんの用かまだ答えていないぞ」

苛立ちながら再度尋ねると、ババアはなにがおかしいのか目を細めてくっくと笑う。

「なに、私が作ってやろうかと思ってね」

「作る？」

「車いすに決まっているじゃないか。せっかちな割に血の巡《めぐ》りの悪いやつだね」

言いながら額をこづいてきた。馴《な》れ馴れしい態度は気になるが、降って湧いたような話は耳を貸すのに値《あたい》した。言葉の代わりに婆さんを見つめて続きを催促する。

「時間を貰えれば三ヶ月で注文通りに作ってやるよ」

「あんた、技師なのか。……先に言っておくが金はないぞ」

「だろうね」

きひひと小猿《こざる》のような笑い声をあげる。癖《くせ》らしいが、顔とよく似合っていた。

「ついでに言うと稼ぐアテもない」

「見れば分かるさそんなこと。この歳《とし》だ、金には興味ないから安心しな」

「じゃあ、なぜ俺に親切を施《ほどこ》す？」

金の絡まない親切なんて余計に信用できない。老婆は腕を組み、身震いする。

冬も近づいて、皮と骨だけのような老体には堪《こた》えるのだろう。

「私はとってもお人好しでね。求めるものに、求めるものを与えたくなる。それが正しい流れを生きることだと信じているけど……どうだろうね？」

「哲学に興味はない。だが、あんたが俺の望むものを作ってくれるというなら、それは受ける。感謝もする。金のない俺にはそれしかないからな」

頭を下げると、ババアは満足そうに頷く。いいのかと思うが、これでいい。

世界は、唐突に、劇的に変わっていく。

俺は半年前にそれを知った。だからこの流れに乗ろう。

「さぁ、あんたはどんな『足』がほしい？」

未だ見知ったとは言えない老婆が俺に問う。

それが神の問いか、運命に埋没する誘いかなんて、どうでもいい。

俺の望む足。

たった一つの願いに迫ることのできる、魔法《まほう》の車輪。

「……人のいないところで話したい」

俺の要求は、他人に聞かれて困る内容だ。その目的もこの老婆に語る必要がある。

「こんなババアをナンパとは、病院でよっぽど女に飢えてるんだねぇ」

悪質な冗談を、体育館にいる全員に聞こえるぐらいに大声で発してきた。

本当に飢えていたのでこの際、ババアでも食ってやろうかと思いかけた。


「目がギラギラしている割に、明るさを感じない。痩せこけているのに血色は悪くない。不機嫌そうで実際愛想もないのに、口もとは笑っている。ちぐはぐなやつだね、生まれつきなのかい？」

移動の途中、赤佐のババアが俺をそう評してきた。

「ほっとけ」

「あんたの感謝は口ばっかりのようだね」

「……ほっといてください」

パワハラを受けながら病院の中庭に出た。喫煙所《きつえんじょ》の側にベンチがあったので、ババアはそこに座ればいいだろうと車いすを寄せる。ババアはベンチの端に座り、懐《ふところ》からタバコの箱を取り出す。点火する道具はライターではなくマッチだった。

「吸うかい」と勧められたが断った。喫煙習慣はない。彼女が嫌っていたからだ。

「で、どんな注文をする気だい。念力で動かせる車いすは未開発だよ」

名乗った名前にかけての冗談を口にしてくる。聞いて、久しぶりに唇が曲がった。

「人を全力で轢いても平気なほど丈夫で、速さの出るやつがいい」

「なんだか物騒な注文だねぇ」

赤佐のババアがただでさえ細い目を狭めて、きひきひと笑う。そうして笑うさまは妖怪のようだ。この際、人知を越えた妖怪の力を借りたいほどだが、しかし残念なことにこのババアはれっきとした人間らしい。顔に刻まれた皺がその歳月《さいげつ》を物語る。

「はっきり言おう、人を殺すために車いすが必要なんだ」

「あぁん？」

さすがにババアも怪訝《けげん》な顔になる。タバコの灰を携帯灰皿に落としながら、俺の反応を窺う。耳を疑うのではなく、説明を求めている様子だった。それに簡潔に答える。

「復讐したい相手がいる」

「ふぅん……なるほど、なるほど」

前屈《かが》みで、タバコに吸いつくような姿勢になる。それから煙を盛大に吐き出した。

「荒《すさ》んでいるわけだ」

「そういうことだ。リハビリに熱心だと先生に褒められるぜ」

「顔を見ていると、まだ殺してなかったのかと思うけどね」

今の俺には褒め言葉だ。この半年間、怒りは一欠片《かけら》も捨てていない自信がある。

「それ絡みかい？」

ババアが俺の左半身を指す。左腕を叩き、無言の内に肯定する。

「でもこいつはおまけだ。もっと、どうしても許せないことがある」

「へぇ、根が深いんだね……」

気乗りしない反応だった。心なしか、タバコの煙も勢いが弱いように見える。

「復讐は虚《むな》しいとか説教するなよ」

「したこともないのに、なにか忠告できるものかい」

そりゃそうだ。知ったかぶらない老婆にわずかながら好感を抱く。

「どこまでやる気なんだい」

「どこまで？」

「復讐する相手を殺して終わりか、それとも」

「全部に決まっているだろう」

質問の意図《いと》を読み取って、話している途中だが返答する。

赤佐のババアの目がきろりと俺に向いた。

「皆殺しだ。そいつの家族も、一人残らず」

意識すると自然、握《にぎ》り拳《こぶし》を作ってしまう。爪《つめ》が手のひらに巻いた包帯を突き破る。

半年間鍛え続けた右腕の腕力と握力は、以前の比《ひ》ではない。

ババアが姿勢を正す。歳に似合わず背筋がしっかりと伸びて、

「復讐する相手にも家族がいる、って言ってみようとしたんだけどね」

「……？　だからいいんじゃないか」

ババアの発言が理解できず、首を傾げてしまう。それに対してババアは苦い顔だ。

どうも齟齬《そご》がある。ババアは一方的に納得して、悪態をついてきた。

「生まれつきか、育ちが特殊《とくしゅ》だったのか」

「……さっぱり分からん。それより目的は話したが、作ってくれるんだろうな」

「もちろん。私は、望むものを与えるだけさ」

まだ火が半分も回っていないタバコを灰皿に押しつけて潰す。

そして話は終わったとばかりに立ち上がる。

「三ヶ月で作って迎えに来るから、それまでに退院できるように仕上げておきな」

「分かった。そうだ、あと、新聞は取っているか？」

思い出したことがあり、尋ねる。ババアは急な質問に首を傾げながらも肯定する。

「取っているけど、それがどうしたんだい」

「必要になるかもしれないから、取っておいてほしい」

「ふぅん。ま、別にいいけどね。今日からのでいいんだろ？」

「ああ」

できれば二年ぐらい前のものからほしいが、こちらは図書館に閲覧《えつらん》に行くなり、ネットで検索《けんさく》をかけるなりで調べた方が手っ取り早いだろう。

「それじゃあ。お願い、します」

恭《うやうや》しく頭を下げて依頼した。今の俺にも一片の社会人根性が残っていたらしい。頭を下げることに不快感はない。これで物事が前進するなら、何度でも、いくらでも、どんな相手にでもこの頭を下げよう。一秒でも足踏みしていたくないのだ。

頭を上げると、既にババアは遠くを歩いていた。

「あのババア、まったく振り向いた様子がないな」

そうぼやくとまるで地獄耳で聞き届けたように、ババアが振り向いてくる。

口を開いてなにごとか言ってきたようだが、聞き取れなかった。

「なんだクソババア」

「くら、だれがババアだ！　二度も言ったね！」

めちゃくちゃ大声で怒鳴られた。ギョッとして、思わず背筋が伸びる。腰《こし》に負担がかかって、びりびりと痺《しび》れたように痛みが走った。

本当に聞こえていたのか、それとも俺の性格から発言を読まれたのかは定かでないが、ババアがニヤリと笑って去って行く。成人して、人にあそこまで怒鳴られたのは初めてかもしれない。

「……食えない」ババアだ。

だが元気はある、約束したのに一ヶ月ぐらいでぽっくり逝《い》くことはなさそうだな。

わずかに残って漂っていた紫煙《しえん》を手で払った後、車いすを前進させる。

やつらに向ける赤黒い高揚感《こうようかん》と違う、心臓《しんぞう》を叩く軽快な音が聞こえてくる。

三ヶ月か。

「よし、よし、よし、よしっ」

声にあわせて車輪が景気よく回る。

そして加速する度、得体《えたい》の知れない涙が溢れては流れていく。

俺の願いが走り出すまでの助走期間は、あと三ヶ月だ。


年が明けて、二月を過ぎて、三月も半《なか》ばとなった頃。

約束の通り、赤佐のババアが再び俺のもとにやってきた。今回は黒ずくめの喪服でなく、無地の作業着だった。それと髪を後ろで結んで邪魔にならないようにしていた。

髪型を変えるだけで随分《ずいぶん》と印象が変わるものだ。

「お、右腕が随分とごつくなったじゃないか」

ババアが最初の時と同じく、俺の右腕を軽々しく叩く。これが生命線だからな。

「三ヶ月と七日ぶりだな」

一週間ほど遅刻があったことを指摘すると、老婆が苦い顔つきになる。

「嫌みなやつだねぇ。いいからついてきな」

手招きして、すぐに病室を出て行った。

数日前にババアから連絡を受けて、退院手続きは済ませてある。著《いちじる》しく少ない荷物を足の上に載せて、ババアの後に続いた。昨日は興奮して一睡《いっすい》もできなかったが、瞼《まぶた》は下りることを知らないようにその重さを感じさせない。

リハビリセンターの外に降り注ぐ雨は、光の粒にしか見えなかった。

ババアの乗ってきたタクシーに同乗して連れられた先は、郊外の工房らしき建物の前だった。表にある駐車場には小石が敷き詰められている。斜めに揃《そろ》って生えるコノテガシワが壁の代わりだろうか。その向こうにアトリエの入り口がある。

アトリエより奥に隣接する居住区らしき部分は木製で古めかしい。その普通の家に、後付けで強引にアトリエをくっつけたようだった。そのアトリエも工場の小さな資材置き場を改装したような、無骨《ぶこつ》な雰囲気がある。機材や壁の塗装《とそう》が剝《は》がれて剝き出しとなっている部分がそれを感じさせるのだろうか。この老婆にはよく似合っていた。

「ただいま。帰ったよ」

ババアが建物の中に挨拶《あいさつ》する。誰かいるのか。旦那《だんな》の爺《じい》さんあたりか？

工房の隅《すみ》に潜むようにしていたやつが、そろりそろりと姿を見せる。

からからと、車輪の回る音を伴って。

俺たちの前に現れたその少女も車いすに乗っていた。

そして、右足の膝から下がなかった。思わずそこに目が行く。

「羽澄《はずみ》、悪いやつだから注意して挨拶しな」

はずみと呼ばれた女の子の肩がびくりと跳ね上がる。俺に明確に怯えた目を向け、
その後はババアにすがるような目つきとなる。ババアが工房の中に入るとその背中に
回り込み、俺の視界から隠れようとする。初対面から随分と嫌われたものだ。

辛《かろ》うじて顔を出して、小さく頭を下げてくる。挨拶なんかどうでもいいんだが。

気に入らなければ、俺に一々反応しなくてもいい。

「やっぱり嫌われたか。その顔じゃあねぇ」

ババアが腰に手を当てて嘆息《たんそく》する。悪かったな、こんな顔で。

文句は両親かご先祖様《せんぞさま》にでも言ってくれ。

「孫《まご》か？」

「そうだよ。かわいらしいだろう」

「あんたとは似ても似つかずな」

俺の本音と嫌みを、ババアが鼻で笑う。

「歳を取れば、みんなこんなもんさ」

「……かもしれないな」

そこには同意を示す。永遠に若いままであり続ける彼女を思いながら。

工房の中を見回す。これまた木製で、常人が蹴《け》っても一撃《いちげき》で折れそうな不安定な脚《あし》に支えられた机《つくえ》の上には、設計図のようなものがばらまかれている。鉛筆《えんぴつ》で描かれたそのラフ画は、様々なパーツを分解して描いたもののようだった。

工房の奥には段ボール箱が大量に積み上げてある。カーボンだのチタンだの表記されているので、材料が入っているのだろう。材料の加工もここで行っているらしく、俺からすれば仰々《ぎょうぎょう》しく映る機械や道具がそこら中に転がっている。

それと気に入ったのはこの工房、奥行きの割に横幅が広く取ってある。車いすの人間が通ることを前提に作ってあるようだ。孫のためというやつだろうか。

祖父母というものにほとんど会ったことがないので、理解しがたい感覚だ。

「その車いすも手製みたいだな」

女の子の座っているそれに注目すると、振り向いたババアが指を鳴らす。

「私が最初に作ったやつだよ、良い出来だろう？」

「見ているだけではよく分からん」

「噛み終えたガムだね」

率直に述べたらババアが人をガム扱いしてきた。くちゃくちゃとその口がまるで本当になにか噛んでいるように動く。

「ガム？」

「味気《あじけ》ないことばかり言うやつってこと」

言い得て妙《みょう》だった。あのとき、大半の味は身体から抜け出た。

そんなガムの使い道は精々、他人様への嫌がらせぐらいだ。

「あんたの車いすは奥に置いてあるよ」

ババアが奥を親指で指す。覗いてみたが廊下《ろうか》しか見えない。

「そりゃどうも」

「乗り方はこの子に教えてもらいな」

ババアが女の子の頭に手を載せる。俺より女の子の方が意外そうな顔となる。

おっかなびっくりといったように、妖怪ババアの顔を見上げた。

「私が教えられることでもなくてねぇ。この子は無口でめったに喋《しゃべ》らない。でもこの子に教えてもらうのが一番の近道だから、精々がんばりな」

一方的に言って、ババアは工房の椅子に座り込む。懐から出したタバコをくわえて老眼鏡《ろうがんきょう》をかけながら図面と睨めっこを始める。勝手にやれと態度で答えていた。

「乗り方もなにも……乗ってるじゃねえか」

特別な操作方法のいる車いす、なのか？　想像がつかない。ババアは俺の呟きも無視して、唇を尖らせている。明らかに聞こえているのに、無反応を装っていた。

仕方ないので女の子の方を見る。女の子は十歳ぐらいだろうか。写真で見た栄養失調の子供みたいな、煤《すす》けた茶色の髪を垂《た》らしている。細く脆《もろ》そうな部分も似ていた。顔の方はババアよりかわいらしい。当たり前か。愛嬌《あいきょう》はなく、色素も薄く、儚《はかな》げな雰囲気を漂わせている。つまり肉付きの薄いガキだな、としか思えん。

その女の子が俺の目から逃げるように、奥へ移動を始める。

一応、その途中で小さく振り向いてこちらに目で訴えてきた。

どうにも怖がられているようだが、案内ぐらいはしてくれるようだ。

こんなガキに、と一瞬考えたがよく観察すると女の子の手のひらも皮が分厚くなり、端がすり切れていた。それを見て取って、侮《あなど》るのは撤回《てっかい》する。先輩《せんぱい》のようだからな。

名前は、羽澄だったな。そいつの後に黙ってついていった。

そうして連れられた先、やはり廃工場の続きといったように瓦解《がかい》のめだつ広間に来たところで羽澄が止まる。こちらを振り向かないようにしながら、首の動きだけでそれを指し示した。

その動きの先に、俺の注文した車いすが鎮座《ちんざ》していた。

あれか、と思わず目を輝《かがや》かせて走り寄る。横に並んで、そのフレームを掴む。

よし、乗ってみよう。

よく調べる前にまず乗り換えたかった。病院で練習したとおりに足を前へ動かして、右腕一本で全体重を支えながら隣の車いすへと移動を試みる。いつやっても辛く、あっという間に頭皮を汗で覆うことになる。右足を申し訳程度に床に置いて支えに使っているが、雀《すずめ》の涙ぐらいしか効果がない。俺のすべては右腕に託《たく》されていた。

息が上がりながらも、なんとか転倒せずに待望の車いすへ移る。親戚の家では新品の自転車もお目にかかったことがないから、これが俺の初めて手にする『新車』だ。多分、新車に乗り込むときと気分の上でも同じだと思う。

色々と触りながら調べてみる。年甲斐《としがい》もなくワクワクしてしまう。

競技用、というやつに近いのだろうか。車輪が縦《たて》ではなく斜めを向いて地面に接している。背もたれの形もここまで乗ってきた車いすとは異なり、介助用《かいじょよう》のグリップがついていない。それと病院で借りていた車いすと同様に、右側の車輪にハンドリムが二本設置されて、片手で左右の車輪を操作できるようになっていた。

他に気になったのは、右足側にペダルがあることだ。踏んでみると、手で操作せずとも車輪が回って動き出す。そうして思わず、床を確認するほどの衝撃《しょうげき》が走る。

軽い。

床がエスカレーター式にでもなっているのではと疑ったほど、軽やかに前へ進む。材質からして違うのであろう車いすの滑らかな疾走感《しっそうかん》に、ふわふわと高揚する。しがらみや怒りさえ一瞬、解き放って忘れそうになるほどの爽快感《そうかいかん》。

は、いいのだが。

「ぬ、の、のの、お。ぉぉおお」

斜めに逸れて、そのまま壁に衝突した。軽やかすぎた。まったく止まれなかった。リハビリセンターでの練習とは勝手がまるで違う。額を派手に壁で打って、反転しようとするがそれも動きすぎてうまくいかない。結局、反転どころか一回転してしまう。

一方、羽澄は似たような形の車いすを楽々操作している。見る限り右足がないこと以外は健常のようだが、それにしても動きが機敏で、引き締まっている。俺の間延びした線を描くような動きとは大違いで、ムダがなかった。

頭が疑問符《ふ》でいっぱいになる。同時に動悸《どうき》も激しくなる。困難と手応えを同時に迎えて、感情の揺れ幅が大きくなっていることが原因だ。良くも悪くも、霞んでいた身体の各部が覚醒《かくせい》し、血の染み渡る感触に包まれる。感覚のない左腕が熱い。

足で前進させることができる。細かい方向調整は無理でも、これは喉から手が出るほど嬉《うれ》しかったものだ。これなら一直線に走って、右手で相手を刺し殺すことができる。問題は真っ直ぐ進むのも今の俺では無理ということだ。どうしても曲がって、そのまま壁にぶつかりかけてしまう。ハンドリムの調整が難しい。腕力を酷使《こくし》しないといけないのに、そこに繊細《せんさい》な力加減も加わるものだから、腕がつりそうになる。

羽澄の乗り方を参考にしようと、悠々《ゆうゆう》走り回っているその姿を目で追おうとする。だが羽澄はこちらの視線に気づくと逃げてしまう。奥の家へ引っ込むように、走っていってしまった。隠れていることも、戻ってくる気配もない。本当にどっか行った。

「……おいおい」

なにもしていないのに嫌いすぎだ。一体、俺はどんな顔をしているのだろう。

顔を二度叩き、車輪を回す。そして少し進んで、車体が簡単にコントロールを離れて滑る。今までの窮屈《きゅうくつ》なもどかしさとは質が異なり、開放的すぎる故に定まらない。

また前途《ぜんと》が多難《たなん》になっていく。それでも今度は視野が広く、目の前が良好《りょうこう》だった。

「待っていろ、あいつら」

今のうちに幸せになっていろ。

迫っているぞ、俺が。

二人目までは比較的簡単に済むだろう。俺が生きていることを気にも留めていないような連中だ、警戒はしていまい。二人目を殺した段階で関連性に気づき、俺の存在も認知してくる。もっとも、どれだけ対策を取ろうとも俺は諦めない。

いつもの練習を終えて、精根《せいこん》尽き果ててから安っぽいベッドに寝転ぶ。入院中の病室からくすねてきた果物ナイフをかざしたまま、明朗《めいろう》すぎる天井を睨む。外には夜が訪れている、らしい。時計を見ても、人を見ても、町を見てもそれを示している。夜を迎えている。だけど俺だけは夜を見失ったままだ。火に呑《の》まれそうになったあのとき、脳が焦《こ》げてしまったのかもしれない。

頭の中は炎熱に侵されているように、いつまでも熱を帯びている。

赤佐のババアは寝床《ねどこ》も提供すると言ってきた。倉庫のような埃《ほこり》っぽく、雑多で、光のない場所だが俺の目にはそれでも明るすぎて落ち着かない。俺の苛立ちを支えるのはこの過剰な光陽が大半を占《し》める。人は夜を忘れれば、活性化の限界を失うらしい。なんにせよありがたい。金もないのだから部屋を借りて住むこともできないし、この工房は車いすに配慮されているから移動がたやすい。俺の生きやすい環境だ。

当然、こんなうまい話が善意で転がり込んでくるとは思えない。

あのババアにもなにか算段《さんだん》があるのだろう。案外、あの臆病《おくびょう》な孫娘《まごむすめ》にでも絡んでいるのだろうか。そんな思惑《おもわく》、知ったことじゃないが。

俺の心血は、自分の目的のためにしか注がない。

それを遮るものがあれば、徹底的に抗う。

車いすの操作の練習だけでなく、やつらのことを色々と調べなければいけない。動きづらくなる前に、四人全員の素性と身辺を徹底的に知っておく必要がある。

最初の復讐を実行に移すために一年は費やすと考えていた方がいい。

……一年。途方もなく、地平の向こうを目指すように遠く感じる。

そんな期間、俺は怒りを損なわずにいられるだろうか。あの瞬間に宿った憎悪の塊が、喉元を通り過ぎて消化されないかと不安がよぎる。目を瞑り、己《おのれ》に問う。

怨念《おんねん》のほとばしりは、まだ俺の半身を焦がしているかと。

映る目の裏の肉壁がひくひくと、嘆《なげ》くように蠢《うごめ》く。

「……っ、く、ひ、っぐ、う、うぇ、ぇぇ……」

自己問答の中、背中が震える。

情緒《じょうちょ》不安定なのか、目を瞑るだけで涙が自己主張を強める。睫毛《まつげ》の濡れていないときがないのではと思うほど水気が滴《したた》り、水中で溺《おぼ》れているようだった。

言葉にならない。言葉にできない。怒っているというならそれだけなのだが。

言葉に消化しきれない、屈折《くっせつ》した痛憤《つうふん》が俺の脳を引き絞って苛《さいな》む。

どん、どんと。自然、ナイフを握った手を叩きつける。

あの、野郎。野郎、ども。許す、許す、か。

殺してやる。

なにも残すか。お前らを、一片たりとも残さず消してみせる。

痕跡《こんせき》を。過去を、未来を、根こそぎ。運命の藻屑《もくず》に葬《ほうむ》り去ってやる。

くそ、ぐそ、くそっ、クソがっ。

「……あぁ？」

気づけば左腕がえぐれていた。骨の周りをナイフが削《けず》っていた。どうも刺さっていたらしい。音こそあったがなんの痛みもないから気づかなかった。しかしもう大して役に立たず、あってもなくてもどっちでもいい左腕を刺すあたり、俺は冷静だ。まったくもって正気《しょうき》の範疇《はんちゅう》だ。もっと死に物狂いにならないと。

右腕で身体を押すように、起き上がる。

果物ナイフの刀身はボロボロになって歪《ゆが》んでいた。刃物を歪ませるぐらいの腕力が右腕に備わったことを証明できて、嬉しくなる。それに人を刺す練習もできた。

もっと練習して、本番で自在に人を刺せるようにならないと。

俺の左半身はその実験に丁度使える。なにからなにまで復讐向きだ。

そうしてめいっぱい泣いたからだろうか。

腹の底から意欲が湧く。充ち満ちて、晴れやかで。最高にドロドロしていた。

「いいさいいさ、いいとも」

彼女が死んだことが運命だと認めよう。

その運命をお前たちが決めたのだというなら、次はこっちの番だ。

今度は俺がお前たちの運命を決めてやる。

思い知れ。

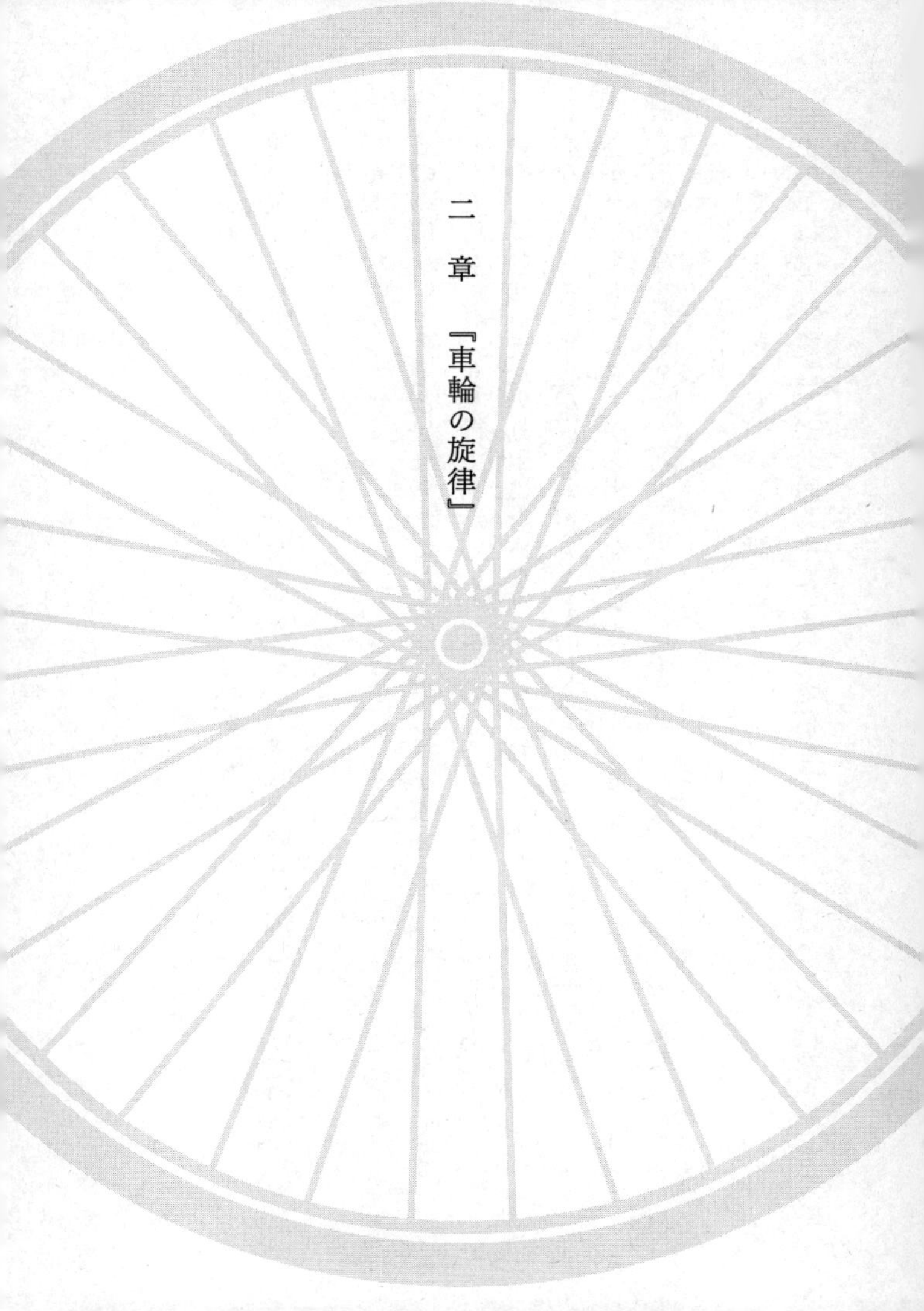

二章　『車輪の旋律』

「そうかぁ。優衣《ゆい》は来月から、小学生なんだなぁ」

朝の食卓で妻から卒園式の話を聞かされると、感慨深いものがこみ上げてつい呟いてしまう。

「なんですか改まって」

その妻になにを今更《いまさら》と呆れられてしまう。下の子が大きくなったというだけでなく、生まれたのがもう六年も前であるという月日の移ろいにも思うところがあった。

「いや、これからまた入り用になるなぁと思ってね。励まないと」

「あなた、良香《りょうか》が小学生になったときも同じこと言っていましたよ」

妻がパンをトースターから出しながら指摘してくる。

「……そうだったか？」

「ええ」

笑って頷きながら、妻がパンを皿に載せた。

上の子は既に結婚して、お腹の中に子供まで宿している。今はこの家に戻ってきて母親に色々と面倒を見てもらっている。下の子と年の差はあるが仲は悪くなく、同じ家にいる時間が増えたことに喜んでいるようだ。

「子供は成長しても、あなたはちっとも変わってないのね」

「ぐむ」

妻にうまいことを言われてしまい、飲み込もうとしたパンの通りが悪くなる。パンを置いて、牛乳で流し込む。ついでにバターの塗り方が少なかったので付け足した。

三月に入っても冬は衰えを知らない。台所は朝から石油ストーブが稼働しているが、それでも足下が冷える。しかし窓から差し込む光が顔を照らして、その強さに季節の移り変わりの予兆を感じるのも確かだった。

廊下の方ではとたとた、小さな足音が聞こえてくる。優衣が朝の準備で忙しくしているようだ。目覚めたとき、仕事に行く前というのは心身共に重いものだが、その軽快な音を聞くと一日が始まったことに安堵する。幸せの足音だった。

朝食を取り終えると、私も時間にあまり余裕がなかった。娘に倣《なら》って廊下を早歩きしていると、その娘が洗面所の方からとたとた走ってきた。私を見て、にゃーっとなる。娘の笑顔は少しだらしない緩さがあって、それがまたなんとも和ませる。

「あんまり廊下を走るなよ。転ぶと痛いぞ」

「でーじょーぶ」

いーっと、なぜか頬を引っ張って舌《した》を出してくる。おぉ、もう反抗期。

お父さんは冗談半分ながらも不安になってしまう。いつか娘が思春期を迎えたら、私をクソジジイと罵《ののし》り軽蔑《けいべつ》の目で見てくるのだろうかと。うちの娘に限って、とは思うのだがそれは世間の誰しもが考えるのではないだろうか。ああ、怖い怖い。

今見えている、感じている幸せは永遠ではない。不慮の事故で、或《ある》いは時間の流れを経て徐々に摩耗《まもう》し、知らぬ間に消え去ってしまう。そうして遠くまで歩いた私はそこで、新しい幸せを見出すことができるのか。いつも、自信がなかった。

冷水に悲鳴を上げながらも歯を磨き、顔を洗って私室に戻る。会社へ着ていく服を選んだ後に寒さに震えながら着替えている最中、妻が部屋を覗いてくる。私の脱いだ寝間着を回収しに来たのだろう。いつものことだ。床に脱ぎ散らかした寝間着の上下を拾って、それからすぐに妻が出て行くかと思ったらそんな雰囲気もない。なんだろうと振り向きかけたところで、ぺたりと背中に妻の指が張り付いた。

妻の手はひんやりとして、それも含めてぞくりと背筋《せすじ》を這うものがあった。

「あなたって火傷《やけど》の跡があるのよね。最近まで気づかなかったけど」

「ん、あぁ。そうだな」

去年の夏にできた火傷跡に妻が触れてくることに、冷や汗をかく。あの件に関して、私は妻になにも教えていない。黙っているのが最良なのだ。

どういう風に最良かといえば、それは自身の幸福を基準としている。つまり私や家族、更に関わった者たちの幸せを確保するためにそれは秘中の秘とされていた。

「寒い寒い」とそれを理由に、慌てて服を着て背中を隠す。妻はそれをなぜか面白がるように微笑んでいる。なんだかなぁと、こっちもつい笑ってしまう。

その妻の手に私の寝間着とは別の小さな服がかかっていて、それが気になった。

「そんな服あったか？　あ、いや見たことはあるかな」

「お葬式のときに着せた服ですよ。卒園式のときにはこういうのもいいかと思って」

「あぁ、そうか」

見覚えがあると思ったらそういうことか。苦いものがあり、それ以上は触れないようにと足早に玄関へ向かった。実際、寝坊気味で急がないといけないのだが。

玄関で靴を履いていると、妻と、それに次女の優衣が見送りに出てきてくれる。良香はまだ寝ているらしい。あの子の寝坊は大人になっても治らないのだなぁと呆れる反面、そうしてこの家にいた頃《ころ》の名残《なごり》を見ると嬉しくなってしまうものだ。

家族の笑顔に見送られて、家を出る。

それはこの上なく幸せで、つまり伸びしろがなくて。

だから後は放物線を描いて落ちるだけなのではと、不安に陥《おちい》る。


私は時々、いや気を抜くと常に自問している気がする。

自分に、幸せになる権利があるのだろうかと。

他人の人生を事細かに把握しているわけではないが、人は誰もが罪を抱えて生きているように思う。その罪をひた隠しにして、裁《さば》かれぬよう身を固くして生きている者もいるだろう。私もその一人だ。ではそうした人間は絶対に幸せになれないのか。

否《いや》。むしろ、なれるからこそ困る。

車の免許を持たなくとも運転できる人間はいる。問題はそれが許されていないことだった。私の幸せも同様に、いつか『許さない』と告げる者がやってくるのではないか。そんな不安に日々苛まれて、胃が重苦しくなっていた。

不幸になるのが怖いのではなく、幸せを奪われることの方が恐ろしい。

そんな私は裁かれるべき人間かもしれない。

しかし自らその罪を吐露《とろ》し、裁かれる気はなかった。仲間以外の誰にもそれを知るものはなく、何食わぬ顔で社会に居座っている。私は、酷く自分勝手だが今の暮らしを失いたくないのだ。家族に迷惑をかけたくないのだ。だから、罪を償《つぐ》なわない。申し訳なさなど感じていない。自分や家族のことだけ心配している。

そうして認めれば、幾分《いくぶん》か開き直れる。

私は、幸せになってもいいはずだ。

その罪を隠し通すことができるのならば。

「……まぁ、なんにせよ」

仕事中に考え込むことではない。手が止まり、他の者に白い目で見られる。

頭を切り換える。

娘の走る姿を思い出し、「がんばろうお父さん」と独り呟いて腕をまくった。


一日で一番落ち着く、安らぐのはこの時間帯なのだと、テレビを眺めていて感じる。

妻と一緒にソファに座り、時々寝転びながらリビングでテレビ番組を鑑賞する。風呂から上がった後のほんの少しの眠気がアクセントとなり、微睡《まどろ》むような心地よさが肉体の重さをしばしば忘れさせる。重力は私たちをつなぎ止める大事なものだが、時折、解放されるのも悪くないものだ。

子供たちは二人とも先に寝ている。長女である良香も身重《みおも》のためか、最近は早く寝るよう心がけているようだった。今年の夏には私もお祖父ちゃんか、まいったな。

妻が子供の話をするのを横で聞くのも、幸せと呼ぶのに値する。ただ妻の方は私の反応に不満らしく生返事ばかりであまり聞いていないと文句を言ってくるが、自分なりにちゃんと聞いているつもりなのだ。むしろ噛みしめているほどだというのに、なかなか伝わらないものだと苦笑する。

そんなありふれた夜に、微かな、異物の音が混じる。

家のチャイムを、外から誰かが鳴らした。

妻と顔を見合わせる。

「こんな夜分に、誰かしら」

「私が出よう」

そう言って立とうとすると、「わたし出るわよ」と妻が先に立った。

夜も更けてきての来客には落ち着かないものがあったが、不審な人物なら妻もそれなりの応対をするだろう。座ったまま廊下の向こうに気をやり、静観する。

警察が来たのではないか。

いつもこんなことに怯える、自らの過去を時折《ときおり》恨めしくさえ思う。
「あ、はーい」
インターホンに受け答えする妻の声と、玄関へぱたぱた走っていく音が聞こえる。
声の調子から、宅配だろうかと推測する。昼間に受け取らなかった宅配物を夜に回す
というのはなくもない。妻が通販《つうはん》でなにか頼んだのだろうか。柔軟剤《じゅうなんざい》はネットでま
とめて買う方が安いし、とかなんとか言っているのを聞いた気がする。
重いのなら運ぶのを手伝いに行った方がいいだろうか、と首を伸ばすように迷う。
と。
その直後。
ごとんと人の倒れるような、いやマネキンの倒れるような音がした。
受け身も取らず、硬質な関節の部分を床に叩きつけるように音が重かった。玄関先
でそんな音がしたので、妻になにかあったのではと心配になる。荷物が重くて手を滑
らせたのか、それとも転んで倒れているのではと思い確認に行こうとソファから立つ。
しかしその、廊下から聞こえる音に足を止められる。
まるで朝、娘の足音で目を覚ますときと真逆のような。
からからと回る、奇妙な『足音』がやってくる。

その音が、首筋を撫でるように奏でられた。

人間の頭というのはボーリングの球と同じくらいの重さだと聞いたことがある。本当かどうか調べたことはないのだが、放って地面に転がるときにどがんと思いの外凄い音がしたので、なるほど正しいのかもなと思った。まぁ、思うところはそれぐらい。放り投げて転がる首の断面から、血液が墨汁《ぼくじゅう》のようにどろりと流れる。床に文様《もんよう》を描くようだ。俺にはそれが真昼の出来事のように見えて、そこでようやく確信する。

俺の目は、復讐を見逃さないために手に入れたのだと。

穴蔵《あなぐら》に逃げ込む者、夜に紛れて己を隠そうとする者。

それらすべてを白日《はくじつ》の下に運ぶ手間を省けさせる、最高の目じゃないか。

しかし、それにしても。

妻の頭部が転がっているというのに駆《か》け寄って抱いてやることもしない。

顔と目の色が変わって、驚愕《きょうがく》するばかり。

本当、薄情なやつだよ。

「相変わらず醜悪な面だな。子供があんたに似ないことを祈るね」

水川幸雄《みずかわゆきお》が『相変わらず』に反応する。そう、俺は突発的な強盗じゃあない。

「俺が分かるか。分かるだろ、分かるよな」

サングラスを外して、素顔を晒《さら》す。水川幸雄の口と目が俺を捉える。

すぐに誰か理解できたようだ。覚えていてくれるとはねぇ。

嬉しくて、嬉しくて、顔が引きつって仕方ない。対面したのは俺も同じだ。

忘れるものか。忘れずに、なにも捨てないで。ここまで、やってきたぞ。

目の中でぶつぶつと切れるような音がする。頭の中を走る血管が糸のように切れていくみたいだ。これは怒りではなく、歓喜に満ちあふれている故。春の到来を告げるような心境に、心がどんどんと晴れていく。

復讐できる世界のすばらしさに震えていた。

「お前、は。まさか、あの火の中から、」

「悪いなぁ、生きていたんだよ。で、ここになにしに来たか大体分かるだろ？　分かるだろ、分かるよな。分からない方がどうかしている」

分かりやすく頭を放り投げてやったんだから。

ペダルを踏み込んで、ゆっくりと距離を詰める。壁際まで退いて、張り付くように動かない水川幸雄の顔が歪む。悲痛に、恐怖に。そうこなくちゃいけない。

「待て、待ってくれ。つ、妻に手をかけたのはおまえ……こんなの、さ、逆恨《さかうら》みじゃないかっ」

「あ？　あぁ分かった、けど待ってろ。お前を殺すのは最後だからさ」

だからそんなすぐ錯乱《さくらん》して、現実から目を逸らさないでくれよ。

俺のようにまっすぐ、自らと相手の両方を直視しろ。

「お前んとこ、娘がいるよな。一人は結婚して家を出て妊娠《にんしん》中、もう一人はここにいる。今んとこは幼稚園児で来月から小学生。どうだ、ちゃんと調べているだろ」

少し勿体《もったい》ぶって、水川の家族構成について語る。水川の目が水面のように揺れて、見下ろしているはずの俺に対して怯え媚《こ》びるような目つきとなる。それを意識した上で遠回りに続ける。

「小さい子供だからなぁ、一人で寝ているのかな？　それとも、両親と一緒か。俺は早い内に親を亡《な》くしたから、そういう勝手が分からなくてね。どうなんだ」

水川はなにも答えない。被害が拡大していくのを恐れるように潜み、黙る。

それを引きずり出す。

「次はそっち。最後にお前だ」

最初にお前を殺す理由なんかどこにもないのだ。

水川が口を開こうとして、その直後に駆け出した。部屋の壁際を走り、俺を迂回《うかい》するように回り込んで部屋を出るつもりらしい。ふぅん。車いすの俺なら簡単に置き去りにできると思ったのかい？

おせぇよ。

ペダルを踏み込み、同時に右手でも車輪を急加速させる。

速度を帯びた車いすの側面で体当たりして水川の足を止めた。

車輪が、人間ごときの足より遅いとでも思ったか。

なんのためにこの『金属の足』があるんだ。こいつがなんのために生まれて、俺をここまで運んだと思っている。感覚のない俺の左足を先頭に、車輪で水川の足を轢いて、そのまま潰す。

その衝撃を受けて折りながら吸いついた水川の身体を、壁まで一気に運ぶ。勢いを殺さず、車いすと壁で挟むように激突させると、骨の潰れる感触がこちらにまで伝わってきた。俺の左半身は痛みを感じないが、水川の方はそうもいかないだろう。

壁に叩きつけられた際の轟音《ごうおん》が、その痛みを象徴していた。最初の体当たりで足が折れて、次に壁と挟まったことで腰の骨が異常を来したらしい。犬のように這いつくばる姿勢となって、ごてんと、ダルマのように床を転がる。

腰と足の激痛に耐えようと意識が向いて無防備となっている水川の腕を車輪で轢く。前後へ動く度に手首の骨を弄《いじ》る感触と、目の白黒するのが面白い。

「リハビリの甲斐《かい》があったよ、やっぱり医者の先生の言うことは聞かないとなぁ」

お前たちを逃さないために。

お前たちを殺すためだけに。

心血と余生《よせい》を注ぎ込む気概で、乗り越えてきた。

「あのときの余裕はどこにいった？　見下せなくなったら、もう終わりか？」

随分と安いな、お前の余裕は。

「はな、離れて、く、ぐれ。うで、うでがいたい、いたいんだ、ですっ」

「さて、と」

水川が娘たちに声をかけられないよう、俺の履いていた靴をその口に突っ込む。衝突の影響に加えて腰と右足が折れているのでろくに抵抗はできないと思うが、念を入れて二本目のナイフを刺して行動を制限しておく。無論、死なない程度に。

「自分の身体で散々練習したんだよ。どこを刺せば、しばらくは死なないとかさ」

待《ま》ち針《ばり》を仕込むように水川に刃物を突き立てた後、反転して娘がやってくるのに備える。先ほど投げ捨てた妻の頭部を拾い上げて、構える。扉正面に移動して慎重に、右足を床まで伸ばして置いた。今日は酷使したせいで、右足の感覚がほとんどない。

もう少しだと励ますように、腿《もも》を二回叩いた。

これだけの物音を立てたんだ、寝ていたとしても起きてやってくる可能性は高い。

「お前の娘は好奇心が旺盛な方か？　殺されるのを待つか、殺されに来るのか」

案の定、廊下から足音が聞こえてくる。二階から降りてきたようだが、俺に都合がいいのは階段からこの寝室へ来るまでに玄関を通らなくて済むことだ。母親の首なし死体が転がっていたら、とてもこの部屋まで無警戒に来てくれないだろう。

水川は胴体にナイフを突き刺したまま、靴をはき出そうともがいている。娘に来るなと叫びたい一心なのだろう。だが親の心、子知らずというじゃないか。諦めろ。

誰かが覗き込むように、慎重に扉を開けた瞬間。

床についた右足を軸にして、身体を車いすから投げ出す勢いで。

ドッジボールを意識して全力で、頭を放り投げた。

こちらの頭も激しくブレた影響で、正確に狙った場所へ投げることはできなかった。

しかし前屈みに倒れそうになりながらも上目遣《うわめづか》いで前方を確認すると、回転して血飛沫《ちしぶき》をまき散らした頭は虚《うつ》ろな顔で丁度、その娘の顔面に口づけするところだった。

顔面同士が直撃して、女が派手に仰《の》け反《ぞ》る。滑った足を支えきれずに廊下へ派手に転ぶ。そこまではいい。だがその転んだ女、子供という割には背が高い。いや違う、次女の方はその女の後ろに隠れていた。そして女の転倒に巻き込まれて、一緒に廊下を転がってしまう。

「おぉ？」

二人いるぞ？　予想外の展開に出会しながらも事前に予定していた行動が自動的に始まる。ペダルを踏んで車いすが前進して、その二人へと一気に詰め寄った。両方をまずは車輪で轢く。次女は泣き喚いたが、長女の方は反応しない。

恐らくは長女の方だが、こちらは頭がごっつんこした段階で昏倒《こんとう》していたようだ。扉を開けた瞬間だから、この暗闇《くらやみ》では俺の顔を見てすらいないだろう。

こいつは、好都合。

次女の方は長女に押されて倒れただけなので、轢かれるとめいっぱい痛がっている。

「なるほど。妊娠して色々と不便だから実家の世話になっているわけだ」

残る一人は『二番目』までお預けかと思ったが、粋《いき》な展開じゃないか。

振り向き、尚苦しむ水川に言う。

「そうかぁ。二匹の娘が丁度いるのか。そりゃあいい」

二匹という言い方に水川の眉《まゆ》が反応するが、そんなこと気にしている場合か？

それより、俺の喜びを知ってくれ。

「お前の目の前で二回も殺せるんだぞ。こんなに嬉しいことはないだろう」

どうだどうだと幸運を見せびらかすように語ると、水川は、土下座《どげざ》した。

と言っても最初から腰をかばうような姿勢で、大差ないが。

もう逃げることは諦めたらしい。あのときの俺と同じ心境だな。

「頼む、止めてくれ。子供は、関係ないじゃないか。頼む、お願いします」

恐らく嫌々、まだ憤りの方が強いのに頭を下げて許しを請《こ》うてくる。

家族愛というやつを間近で感じる。ピースな愛のバイブスだねぇ。

くたばれ。

「止めてくれと言ったとき、お前はなにか止めたか？　聞き届けてくれたか？」

話しながら自然、涙がにじむ。

あのときの怒りやら、屈辱やら、絶望やらで頭が破裂しそうなほど感極《かんきわ》まる。

自分にできないことを、人に要求するなよ。

……と、今すぐ言ってやりたいが。

「……いいだろう。一人だけ生かしてやる、選べ」

爆発しそうな私憤《しふん》を必死に押さえ込んで、優先するべきものを間違えないよう努める。くだらない快楽殺人鬼《かいらくさつじんき》になど毛頭《もうとう》、なるつもりはないのだから。

俺には夢がある。誰にも覆《くつがえ》せない、新たなる夢が。

「お前に選ばせてやるよ。お前を含めて、誰か一人だけだ」

水川の表情に救いの光は見えない。せっかく皆殺しが緩和《かんわ》されるのに、それを素直に喜べないのか。こいつはまだ、みんなが助かるなんて幻想を信じているのか？

「どっちだ？　早く選ばなければ全員殺す」

掲げた指を一本ずつ折る。当たり前だが指は五本しかない。つまりそういうことだ。

「頼む、俺をこ、殺して、構わないから娘を二人とも助けてくれ」

水川が懇願してくる。その間にも指は折れて、あっさりと五本とも数え終わった。

「はい、全員死ぬことが決まりました。お父さんは誰も救えません。一人を救う権利だけはあったのに、それを台無しにしました」

朗読調《ろうどくちょう》で煽ってみる。ここまでやれば選ぶだろうなぁ、多分。

俺の選んでほしい方を。

「……良香を、」

「うん？」

ねろねろと、勢いなく絞り出された滓《おり》のような声だった。

だが水川は今、人名を口にしたのが聞こえた。やつは、選んだのだ。にんまりとする。

「良香？　そいつは長女の名前だな。そうか、そうか。つまり次女の方はいらないと」

予想と期待通りだ。

水川の顔と肩が歪む。自身の選択と現実の衝撃に心が破裂しそうなのだろう。長女を選んだのは幼い子供を一人残してもその将来が心配なこと、更に腹の中に子供がいることを含めての決断なのだろう。

まぁなんにせよ、次女を切り捨てたことに変わりない。

この世は結果がすべてだ。俺がどうあがいても彼女を取り戻せなかったように。よい過程というものも、満足する結果を出すために必要というだけだ。

車輪を少し退く。そしてどうせろくに話など聞けていないであろう次女を摑み上げて、現実を突きつける。

「お前は父親に見捨てられたんだ。そう、お前はいらない子なんだな」

次女は、子供は泣くばかりで面白い反応などない。今がどんな状況かも理解しようとせず、ただこの痛みが早く終わることを願っているだけだろう。すぐ終わるさ。

しかし父親の方には十分な効果があったらしく、涙を溢れさせている。唇を嚙んで、必死に堪えているようだった。自虐《じぎゃく》の念というやつからか見開いた目が充血して酷いことになっていた。

潰されている途中のカエルみたいな面相で、あぁ、こういうのが見たかったんだと心が納得する。隅々《すみずみ》まで平穏に包まれて、復讐はやっと始まったようだ。心晴れやかに、いつしか笑顔を浮かべていることに気づいた。

「お前はお父さんにとってどうでもいいわけ。いなくていい、犠牲《ぎせい》になっていい。最初に生まれた子供の方が大事で、二人目はなんとなく育てていただけなんだなぁ。生まれた順番だけで優先順位つけられて、あーらーらー。あーらーらーだな」

穏やかに笑いながらナイフを突き出す。次女の鼻に突き刺さった。

手応えが手のひらの骨の髄《ずい》まで響く。

「おっと、少し高かったか」

次女が泣き喚いて転がろうとするので、鼻の中でナイフをえぐり回してこちらへ引き寄せた。鼻がぼろりと取れて顔の凹凸が一つ失われる。まだ成長しきっていないので元より低い鼻ではあったが、比較の対象がなくなると顔が一気に真っ平らになるものだな。そして鼻から溢れた血が口に入り込んで、次女は泣き声もあげられない。

呼吸困難で苦しみが尚増すようだった。

前髪を掴んでその顔を見せびらかすと、水川の顔色が完全に蒼白《そうはく》に陥る。

やめ、やめろ。やめろ！　なんだ、これは、なんだ。やめて、くれ。

水川の目と口がぱくぱくと、空気を吐くようにそう動いた。

「お前が選んだんだぞ。文句を言うのは筋違いだろう」

次女の右目を、指を突っ込んでえぐり出す。次女の鼻と口から異形のような吐瀉物がこぼれて床を汚す。もはや言葉を成していないが、激痛のあまりに意識を失うこともできないようだ。人間っていうのは、復讐されるのに便利な作りをしているよなぁ。ほどよく丈夫で、色んなものがくっついている。

「笑え」

次女の左目をえぐり出しながら水川に命じる。

「娘ののっぺらぼうの顔を見て大笑いしたら、命だけは助けてやる」

水川の顔色がまた変わる。めまぐるしいやつだな、見ていて目が疲れる。

「もう目玉もないし、鼻もない。それでもまだこの娘を生かしたいなら、笑え」

仮に生きたとしてもこの子の一生は悲惨なものとなるだろう。こんなことに巻き込まれて、来月から小学校に通う余裕もなく、目の前に家族の死体が転がる。

そして鼻と目玉もないままに成長していけば、どれほど人生がねじ曲がるのか。

そこまで踏まえる余裕があったかは分からない。だが水川は、顔を上げた。娘を救うために心にもない笑い声をあげようとして、しかしまったく成立していない奇声をあげるだけだった。おぅ、おぅ、おぅと。頬を押し流すような多量の涙で目が潰れて、口もとは痙攣《けいれん》でも起こしているように小刻みに震える。唇の端を釣《つ》り上げようとして、頬の動きがそれを邪魔していた。

顔をあげて、反ったのど仏《ぼとけ》が寒さに耐えるように微震した。

「ひっ、ひっ、ひっ……」

「あっはっはっはっはっは」

真似して棒読みで大笑いした。

満足したしうるさくなってきたので、次女の喉元を刺して黙らせた。

やっぱり、人間って適度に脆いよな。

娘の死に硬直して、水川の方も言葉を失ってくれた。部屋が静まりかえる。

呼吸しているのが俺だけに思えて、心地良い。

やはり、静寂の方が夜を肌で感じることができる。

「なん、で、」

「嘘《うそ》に決まっているだろ、バカか。身の程を知れよ」

なんでお前の家族なんか生かしておいてもらえると思ったんだ？

どういう思考回路しているんだ、こいつ。頭の中がお花畑なのかね。

「お前の妻もそうだが、人って、死ぬときはなに考えているんだろうな」

自分が死ぬことを知っているなら、死にたくないってのが普通かな。まぁ人間っていうのは必ず死ぬのだから、『まだ』、死にたくないが正確か。次女の方はそこまで考えが及んでいなかっただろう。その前の段階、痛いで頭がいっぱいだったのかな。

「死ぬ寸前に陥ったとき、俺は、光がほしかったなぁ」

本当に死にそうで、助かりたい一心だった。彼女のことすら頭になかった。

これを後悔せずになにを悔やむというほど、何度でも苦いものが溢れる。

しかしそうした意思が崩れゆく壁の向こうに光を見出して、俺は生き残った。それは運命だ。彼女があぁして死ぬ運命をお前たちが決めたのなら。

俺は自らの運命を生きると決めた。それを覆せるものは、誰もいなかったのだ。

水川のもとに引き返す。精神が崩れだしているのか、表情が戻っていない。笑おうとして失敗した出来損ないの顔を晒している。これ以上は、ムダに終わるだろう。

「じゃあな」

いよいよ、水川の息の根を止める。ナイフを構えて、車いすを右足で蹴るようにしながら水川の上へ倒れ込む。その勢いでナイフを振り下ろして、喉を引き裂いた。

「げぎゃぎゃ」と獣《けもの》の鳴き声のようなものが、耳もとで聞こえる。水川が血を口と喉の空洞《くうどう》から吐き出す音だ。噴き出た血が右の肩を濡らす。どろりとして、不快だ。

だけど覆い被《かぶ》さることで俺の胴体が水川の鼓動《こどう》を感じる。それが弱まっていくのを直接、感じ取る。もっと近くで感じ取っていたい。水川の胸を掻き、手首を握りしめる。鼓動を俺が吸い取っているように、こちらの心臓が高鳴っている。

水川の濁った目は残った長女の方を捉えていた。もう次女のことはどうでもいいのか。妻のことは気にも留めていないのか。生きる者にしか目を向けられないのか。

その姿勢に怒りを抱く。死人に気を配れないものが、人を殺すな。

ぐずぐずと肉体が溶け合うような長い時間を経て、水川の動きが完全に止まる。死んだ。殺したのだ、俺が。一年と半年以上の時間をかけて、ようやく。

ようやく、一人。

不覚にもその達成感に涙して、満足しかけてしまう。

「いやいや、いやいやいや」

涙を血まみれの指でぬぐい、それを否定する。感涙は早すぎる。

まだ、三人も残っているのだ。

右腕で水川を押して、身体を起こす。肘《ひじ》をソファに引っかけて床に座った後、車いすを隣まで引き寄せる。降りかかった血とその粘つくような臭いをうっとうしく思いながら、車いすに座り直す。水川の死体を一瞥した後、振り向いて長女を見た。

家族が皆殺しになったこともまだ知らず、長女は気絶している。

この女は次に狙う予定の土方《ひじかた》というやつの息子と結婚しているので、どっちみち、殺される運命なのだ。だが今すぐは殺さない。子供を産むまでは生かしておかないと。

「お前の父親と約束した。生き残らせるのは一人だと。つまり腹の中にいる赤ん坊は助けてやるが、お前は死ねってことだ。逆は許可しない」

聞こえていないだろうが、今後の予定だけは伝えておく。残された死体を処理する前に長女を玄関へ引きずって、母親の死体の隣に転がす。それから一度、そのまま外に出てみた。肌の火照《ほて》りを冷ますため、新鮮で冷たい夜の空気が吸いたかった。

水川の家の庭へ出て、前へ進む度に冷えきった空気が肺を満たす。身体を通る一本の線が凍《こお》りつくように痛み、軋む。この温度と手触りは夜なのに、その見た目は昼よりも日に近づいて明瞭となっている。ちぐはぐな情報に、頭の熱はむしろ強まる。

この違和感《いわかん》に伴う不快さが、俺の怒りを損なわないために機能している。命が尽きるまで、この異常はその役目を放棄《ほうき》しないだろう。

静まり、虫の鳴き声もない孤独の中で夜空を見上げる。澄み渡る青空の向こうに星が瞬いている。その星がいつか見えなくなるとき、俺にも朝が訪れる。空は、昼夜の概念を与える貴重な存在だった。曇《くも》り空のときはどうにもならんけど。吐息《といき》と同じ色の雲が、風に流れてはらはらと散っていく。どちらも目で追っていると、訳もなくもの悲しくなる。車いすのフレームに触れると、指が張りつくような寒々しい金属の感触があった。浴びた血も冷えて、その粘つきを失っていく。

生命が、乾いていく。

俺には罪がある。彼女を見捨てた、大きな罪がある。それは捨てるものでなく、償うものでもなく。ただそこに示された道を行くための標《しるべ》となり、俺を導く。

乾ききった生命を、一時でも潤《うるお》すために。

「ただいま」

すべての始末と処理を終えて帰る頃には夜が明けていたらしく、空から星が消えていた。しかし、月光も朝焼けも俺を色濃く照らし出すのは変わらない。

皮肉なことに彼女を失ってから、世界に光は満ちていた。

それはさておき、工房には赤佐のババアがいたので挨拶した。さすが年寄り、朝が早い。タバコを吸っていたババアが顔を上げて、目を細める。

「よくそんな格好で帰ってきたもんだ」

「あん？　おぉっ」

視線を追って左手側を見てみると、血だらけだった。右側は拭いてきたのだが、反対が手つかずだったとは。この大量の返り血に気づかなかったのは、左半身に感覚がないせいだろう。シグナルとなるべき不快感もないのだ。

「警察はなにをしているんだい」

「ほんとほんと」

生返事して、車いすを壁際に寄せる。寄りかかるわけでもないのに、壁の側にいると落ち着くのは変わらない。ずっと前、彼女とそんな話をしたこともあった。

「……疲れた顔をしているね」

「はしゃぎすぎた」

それと泣き疲れた部分もある。滂沱《ぼうだ》のごとき涙に翻弄《ほんろう》された目もとを覗かれるのが嫌で、顔を逸らしながらババアと会話する。だから、相手の表情も分からない。

「満足したかい？」

「まったく。まだ三人残っている」

久方ぶりに心地よい疲労に包まれながら、首を左右に振る。

まだ三人もいることが嬉しくなってしまう。これで終わりだったらどうしようかと不安になるほど、歓喜が先走って突き抜けていく。手綱《たづな》を握ることすらしない。

「あんたはあれだねぇ……復讐のために生まれてきたようなやつだね」

「なんだいそりゃあ」

「そんな顔をしてるのさ、ダンタクヤ」

ふん、とババアの意見に鼻が鳴る。人をなんだと思っているんだ。

誰かを恨んで生まれてくるやつなんているものか。

恨まれながら生まれてくる生命は、あるだろうがね。

「よくある話だけど、虚しくなったりしないのかい」

ババアがタバコの煙を吐き出しながら尋ねてくる。きろりと、そちらに目をやる。

「なぜ」

「さぁねぇ。私は復讐なんてしたことないから、分からんね」

俺は復讐してみたが、さっぱり理解できんね。

これほどの高揚感を他の物事で感じるのは無理だろう。……あ、そういうことか。

復讐が終わったら、もう復讐できないからな。それを虚しいというなら、そうかもしれない。俺を引き上げてくれるものは他に、なにもないからな。

復讐をしない自分というものを想像する余地はもうなくて。

俺の未来は。俺の運命はもう決まっているのだろう。

そう考えていると、吐息まで血生臭《ちなまぐさ》く思えてきた。

「多分、あれだ。相手を殺しても失ったものは返ってこないとか、そういうのだろ」

ババアが適当に見解を述べる。癖なのか、またタバコを半分も吸わないうちに潰した。灰皿にはそんなタバコが墓標《ぼひょう》のようにいくつも立って、煙を漂わせている。

「なにを当たり前のことを」

俺はやつらに一度でも、返せなどと要求していないしするつもりもない。

復讐は、原点に立ち返るためにあるのだ。

マイナスからゼロへ向かうためにするべき行いであり、それは生きる上で遠回りを強いられたものの新たなる道でもある。復讐を諦めるというのは、その道を進まずに足踏みを続けて生涯《しょうがい》を終えるということだ。進むことだけが正しい、とは言わないが。

同じ景色、疲れるばかりの重苦しい足。振り向いた先には常に、失った世界。

我慢《がまん》強くない俺にはとても耐えられない。

「あんたみたいなやつがいると思うと、羽澄の将来が心配だよ」

「あ？」

「私は先が長くないだろうからね。心配なのは残された孫の生き方ぐらいさ」

急に老け込んだようなことを言い出した。ババアごっこかと笑ってしまう。

「百二十までは生きそうな顔をしていらっしゃいますがね」

その妖怪面に冗談を飛ばすと、ババアは珍しく寂寥《せきりょう》を含んだ物言いとなる。

少し面食らい、言葉を呑んだ。

「病院に通うのも遊びじゃないんだよ。ま、そのお陰であんたを見つけたがね」

「……ババア」

「そういうことさ」

赤佐のババアが穏やかに笑う。死に瀕《ひん》した人間の顔にしては毒気がなさ過ぎた。

もたらされるのではなく、歩いて、目的地を目指すように死を迎える。

その胸中を語ってほしくなる。が、しかし。

「と、ちょっと待て。あんたと出会ったのは病院じゃなくてリハビリセンターだぞ」

「うぇっひっひ」

都合の悪い疑問点は、笑って流してしまう。

猿のように頭を掻いて、微かに降りかかっていたタバコの灰を散らす。

今が何歳か見当つかないが、あと二十年は品質保証されていそうな笑い方だった。

「万が一、私が死んだらあんたにここを譲るから羽澄の後見人になってほしいんだけどねぇ」

「冗談だろ。俺がどんな人間か知っているだろうに」

ババアが老眼鏡を額にかけて、覗き込むように俺の方へ首を伸ばす。

「見境《みさかい》自体はあるようだからね。目につくやつをみんな殺すほどではない」

「俺は人殺しじゃないからな」

頭を振って否定する。どの口がそれを言うかという目を向けられたが、また、頭を振る。俺は確かに人を殺したが、『人殺し』と縮まり、濃縮されることはない。

俺にだって知性があり、またその知には矜持《きょうじ》が宿る。

復讐のために効率的なことを選ぶと、たまたま人を殺す結果となっただけだ。

「俺は、」

ただ人を殺すことなんかに、生き甲斐を感じてたまるか。

それから羽澄が起きてきて朝飯となった。羽澄は祖母の家に身を寄せているらしく、両親がいるであろう実家へ帰るところを見たことがない。車いすならこっちの方が過ごしやすいのだろう。羽澄は足以外は普通らしく、時々、短い距離を片足で飛び跳ねて移動する姿を見かける。

赤佐のババアが今作っているのは羽澄のための義足らしい。

「…………………………」

羽澄と出会ってから一年経つが、なにか話したことはない。一度だけ、油断していたのか歌っているときに出会して、年相応の甲高い声を聞いたことがある。

もっとも俺に気づいたらすぐ逃げてしまったが。最近はその頻度《ひんど》も少しは減って、多少は慣れてきたのかと思わせるときもある。どうでもいいんだがな。

ただ一つ驚いたのは、中学校の制服を着てやってきたことだろうか。

正直、まだ小学生だと思っていた。

朝飯は俺の要望通りに肉だった。鶏か豚か曖昧なそれを後に回して、一緒に出された野菜だけを先に食べていく。噛まずにほとんど丸呑みする勢いで消化していく様子を、ババアが茶化す。

「おやおや、あんたよっぽど野菜が好物なんだね」

「……好きなものは、最後に食べるんだ」

言って、涙ぐむ。あれほど流したのにまだ涙が隠れていた。

これは多分、喜び以外のものが通った涙なのだろう。

歯ごたえのある肉を噛みしめると、瞼も同じ動きを見せて残った涙を押し流す。

そんな俺をババアや羽澄はどう思っただろう。

悪態の一つもなく、黙って俺の不細工な泣き顔を見守っていた。

三章　『正しかった』

「あんたは目が怖いから逃げられるんじゃないかね」

「あぁ？」

温度が夏を教える。そしてその日、なぜかいきなりだめ出しされた。

抱えている荷物が重いというのに、話に付き合わされる。

「目がギラギラしすぎて、どこ見てるかも分かりづらい」

「……それがどうした」

「車いすの乗り方も結局、独学だったし」

ババアが溜息《ためいき》する。すべて俺に責任がある方向へ持って行くのは止めてほしい。

「あいつが無口すぎるんだ」

「そこでうまく口を開かせるのが大人ってもんだろう」

「俺がそんな器用なやつに見えるか。無理だ、無理。諦めてくれ」

どうも孫の相手を俺に押しつけたがっているようだ。後見人、といえば聞こえはよくなるだろうが羽澄は祖母がいなければ、ここに寄りつかないと思う。なんだかんだ、ババアのことを慕《した》っているようだ。口は悪いが世話焼きだからな。

その人気者のババアが上に向けた手のひらを指しだしてきた。

「三百万」

「くれんの？」

「アホ。あんたの車いす代だよ。ほれ、さっさと払いな」

いきなり代金を請求してきた。話の流れから察しはつくが、ここはごまかそう。

「そんな金がどこにあるんだ？」

「なんであんたが質問してんだい」

ババアが呆れる。勢いで押し切ってなかったことにはできそうもない。

「金はいらないんじゃなかったのか」

「気が変わった」

ババアのにやけ面に舌打ちする。大体、言いたいことは分かった。しかし三百万は酷い。車いすの相場は知らないが自身の懐具合はよく分かっている。払えるはずがない。水川の家にあった現金はいくらか持ち出したが、既に使い切ってしまった。

意外と俺にも出費はある。主に飼育代と、人捜《さが》しのために懐が寒くなる。

「夢と人は、闇雲《やみくも》に動いても見つからないもんだな」

汗で張り付く前髪を掻き上げて、工房に満ちた金属の匂《にお》いを嗅《か》ぐ。

夏である。太陽が一番大きく感じられる時期である。

こちらは汗ばんで背中が気持ち悪いが、ババアの方は涼《すず》しい顔をしている。それもそのはずで、工房の扇風機の前に陣取《じんど》っているからだ。こちらにはまるで風が来ない。

これだけ暑いと涼しい場所に行きたくなる。昨日は図書館へ行って一日中、新聞を読み耽《ふけ》っていた。最新の新聞も読んだがその中に放火の記事があった。恐らくあいつだと思う。今回は三人殺したらしい。放火犯というより殺人犯の方がしっくりくる。

「あんたも気が変わったなら、また変わるんじゃないかね」

「……分かったよ、努力はしてみる」

こんな答えだけで三百万をなかったことにできるなんて安いもんだなぁ。

棒読み。

ババアは満足げだ。恩義《おんぎ》があったとしても尊敬には値しない、嫌な笑い方だ。

「羽澄は奥にいるよ。あいつにもそろそろ友達ができないとね」

「……学校で作れよ、そんなもん」

車いすに乗っているからって、仲間とは限らないのに。

話を切り上げて行こうとすると、ババアがついでといったように尋ねてきた。

「ところで復讐の方はどうなんだい？」

「ぼちぼち」

仕事の調子について答えるぐらいの感覚で流して、奥に向かった。

水川を殺してから約半年。そろそろ、次に進もうとしていた。


工房の隅にある物置、もとい俺の部屋に戻って荷物を急ごしらえの棚《たな》に飾った後、奥の家へ行ってみる。入って廊下を少し行くと羽澄がいた。居間で映画を見ているようだった。廊下を通りながら画面に目をやると、外人俳優《はいゆう》がバイクで疾走していた。『大脱走《だいだっそう》』とは渋い趣味だな。ババアの趣味か？

良いシーンだったのでつい止まって眺めていると羽澄が俺に気づいて、慌てたように振り返る。テレビを消して逃げだそうとあたふた動き出したので、仕方なく、こちらから声をかけて引き留めることにする。

子供は苦手なんだが、やむをえない。暴利をふっかけるババアには勝てん。

「あー、そのー、いや観ていていいんだが、大変結構なんだが……一緒に、映画を観てもいいかな。あ、距離は取る、めいっぱい取るから」

とにかく同じ空間に長くいることを最初の目標としよう。羽澄はテレビのリモコンを握りしめたまま固まり、おどおどとした態度を取りながらも車いすを引く。テレビと少々過剰に距離を取って、電源を点け直す。それから小さく頷いた。

意外と大人しくなって頷いたところをみると、羽澄も祖母になにか言われたのかもしれない。なんにせよ許しが出たので、そのまま俺もテレビ鑑賞に励むことにした。

落ち着いて、無言が続く。しゃうしゃうしゃう、と蟬の鳴き声が壁の向こうから聞こえてくる。脱走は巻き戻されて、また一からやり直しとなった。人生はやり直しが利かないとよく嘆かれるがこのように、簡単に巻き戻されないということでもある。

俺の場合は、もう一度水川に復讐できるのなら喜んで遡《さかのぼ》るだろう。

それはさておき、テレビと向き合う羽澄の横顔を観察する。

愛想はなく、かわいげのない顔つきではある。しかし年相応の幼さを表す輪郭《りんかく》を眺めて、これが数十年後に赤佐のババアみたいになるのかと思うと、世の女性がアンチエイジングに興味津々《しんしん》なのも頷けるというものだ。リスクなく若返ることができるなら、女の九割五分は志願するだろう。男だって九割は願うのだから。

彼女となにを話していただろうと振り返る。羽澄は彼女とは年齢の大きく異なる相手ではあるが、参考にならないだろうか。そういう思いから苦いものを乗り越えて思い返してみると、こりゃあ酷いと悲しくも笑ってしまう。

彼女としていた話は、食べ物のことばかりだった。

「好きな食べ物とか、ある？」

急に話しかけられて羽澄が首を引っ込めたように怯える。そしてこちらを一瞥した後、その短い首を横に振った。ないらしい。一切ないなんて珍しいやつだな。

「あ、そ」

否定されてしまうとそうとしか言えない。言葉に詰まり、天井を見る。

嫌いなものがないやつはいるが、好きなものがないやつ、か。

食べることが嫌いなのだろうか。嫌いとまではいかなくとも興味のないやつは大勢いるだろう。大学に通っていたときも肉を食えない友人がいた。そいつはなんだか色々と深読みして想像を広げた結果、肉類に嫌悪感を抱いて食えなくなったという。

「…………………………」

俺はどうして、今でも肉を食っているんだ。

状況としては嫌いになっても不思議じゃなかった。しかしその流れに反逆して、肉を噛みちぎることで前を向いてきた。復讐を果たすまで、俺はこれを貫くだろう。

……それはいいのだが。

そうした熱を感じさせない羽澄の否定は、夏場には嬉しい冷ややかさがあって。

こいつが一体なにを考えているのか、少しだけ興味が湧いた。


女は甘いものが好きだ。別に俺も好きだ。つまりみんな好きだろう。

だから翌日《よくじつ》、外出の帰りにケーキを買ってきてみた。夏場ならアイスクリームの方がよかっただろうかと、買った後に気づいたが何度も外に出るのをためらわせる暑さが地上を焼いていた。昼間は焦土《しょうど》にでもなるのではというほど、日差しが勢いを増す。

その光をすべて吸い込もうと目が働いて、蒸発するのではと思うほどに顔が熱い。俺の場合は夜でもこの光が失われないので、体感的な暑さがまったく変化なかった。

鳴いている蟬の元気のよさには感心するものがある。

「ケーキを、買ってきてみた」

言いながら、工房にいた羽澄の鼻の前へ白い箱を突き出す。他の荷物もあるので窮屈な持ち方をしてきたせいか、箱の角が潰れていてあちゃあとしかめ面となる。

羽澄は珍しく、即座《そくざ》に怖がらないできょとんとした目でこちらを見た。急だったので怖がる云々の前に驚いたのだろう。口をつぐんだまま箱を受け取り、そのまま見つめ続けてくる。遮りがなくなって正面から見つめられていると、居心地が悪い。

「あー……なにが好きか分からんから、適当に選んだ」

しかし一人でケーキを五個も六個も食べられるものだろうか。羽澄が箱を開けて、中身を確認する。フルーツタルト、レアチーズケーキ、ミルクレープ、プリンケーキ、バナナチョコ。店にオススメの札《ふだ》が貼ってあったケーキを選んできた。

羽澄は中の混在する甘い香りを嗅いだ後、小さく、おどおどと頭を下げる。それから箱を足の上に載せて、家の方へと向かった。……あぁうん、受け取ったし、礼もされたし、食べるだろうからこれでいいわけだが、その、なんだ。

終わりかよ。

やり取りの一部始終を眺めていた赤佐のババアがタバコをくわえながら呟く。

「あんたさぁ……菓子で釣って子供を誘拐するのと同レベルじゃないか」

「うるさい黙れ」

ケーキ作戦は目に見えるほどの効果はなかった。そういうのを、失敗という。

次の作戦を考えるついでに冷蔵庫に荷物をぶち込まないと行けないので、部屋に戻ることにした。部屋の扇風機の挙動は怪《あや》しいが、この夏を乗り切れるだろうか。

女はカラスだ。光り物が好きだ。会社の上司がそんなことを言っていた。だから更に翌日、外出の帰りに貴金属類を見繕《みつくろ》ってきた。とにかくジャラジャラしているしキラキラしている。俺からすれば多少綺麗《きれい》という程度の感想しかないが、女から見れば煌《きら》びやかに映るだろう。多分。

「これをやる」

曇り空に伴う多量の湿気が肌に張り付く中、貴金属の束を羽澄に差し出した。ほとんど安物だと思うが、質より量だ。羽澄は二度目ともなり、あまり驚きはしていないようだった。受け取って、小首を傾げてくる。意図が掴めないらしい。

俺も別になにか具体的に狙いがあったわけではない。だから、待たれても困る。

気まずい。

羽澄がすぐに頭を下げて、また離れていってくれたことでホッと息を吐く。

「そんなに光り物集めて、カラスの巣でも作ってほしかったのかい」

今日も横で眺めていたババアが呆れる。確かに、巣が作れる量ではあるが。

「あんたの脳みそは前習えして一列なんだろうねぇ。きっそくただしいー」

「やかましい」

そしてなぜババアまでケーキを食べているんだ。ミルクレープをなぜか剝がして一層ずつ食べているババアの手元に視線を飛ばすと、フォークを構えて唇を尖らせる。

「なんだ、私には食うなといいたいのかい」

「羽澄のために買ってきたんだが」

「このロリコンめ」

「殺すぞクソババア」

焚《た》きつけておいて、そりゃあないだろう。お手上げだ、と降参の姿勢を取る。

無論、右手だけで。これだとまるで挙手だった。

「やっぱり無理だ。そもそも、あっちにそういう意思がないなら無意味だろ」

「まぁ、それは一理ある」

ババアがミルクレープを食べ終えて、灰皿に取っておいたタバコをすぐに吸う。このババア、飯の合間にも吸うからな。米とタバコのどちらが主食か曖昧だ。

「あんたを連れてきたのは、あの子のためになるかと思ったんだけどね」

「なるかよ」

考えが浅いというか。このババアがなにを考えているか分からん。

「少し、あの子の話をしようか」

珍しく、タバコの煙で噎《む》せた後にババアが俺に向き直る。

かしこまったような姿勢の正し方に、こちらもぎこちなく肩肘《かたひじ》を張ってしまう。

「……あの子の右足は、事故でなくなったんじゃないんだよ」

ぞわりと、なにか予感するように背筋を撫でるものがあった。

ババアは多少口ごもるような間をおき、それを喫煙でうやむやにする。

「生まれつきじゃあ、」

「食われた」

俺の言葉を遮り、老婆の一言が胸をえぐった。

その厳しい視線が、えぐられた胸の傷を射抜くように俺を捉える。

「死んだ祖父さんに食われたのさ。現場を見ていたわけじゃないから詳しくは知らないけどね、ただ、発見されたときにはあの子の膝から下はちぎれていた、らしい」

右足を。羽澄の隠した右足を想起する。くわ、食われた。

「ああそうなんだ」

平静を装おうとがりがりがりと頭を掻く。がりがりがりと、がりがりがりがりがりがりがり「血が出てるよ、もう止めておきな」タバコの煙を吹きかけられて噎せる。

目の焦点《しょうてん》が戻った。

痒《かゆ》みと痛みの同居した頭皮からぬるりと指が抜ける。爪と指の間に自分の肉が詰まっていた。去来した感情が水面に尻尾《しっぽ》を見せた後、湖底に沈む。

「くそ、不良め……」

涙を拭《ぬぐ》いながら毒づく。平静に戻ったはいいがヤニ臭い。鼻を押さえて堪えていると、ババアが新しいタバコを取り出して火を点ける。目を細めて、左へ逸らす。

「悪かったね。あんたもなにか嫌な思い出があったみたいだ」

「べつに」

ぶっきらぼうに否定するが大ありだった。ババアにも見抜かれているかもしれない。自分がどういう人間であるかを知られるのは、不愉快《ふゆかい》だ。

「そんな件があってから無口になってね。ま、その前からそう話す子じゃなかったか」

紫煙を吐き出しながら、ババアが天井に向く。視線が外れて、会話も途切れる。

一旦《いったん》は落ち着いたが静かになると、また胸がざわつく。皮を破るように、頭から血がぷしゅぷしゅと滲《にじ》むのを感じる。汗が傷口をなぞる度、泣きそうなほど痛い。

羽澄の右足。食われた少女。偶然《ぐうぜん》か、だれかの意思で関わることになったのか。

ややあって、ババアが顎を引く。煙のついでに愚痴のようなものを吐き出した。

「あの子がなにを考えているか、なにを望んでいるか。私も時々知りたくなるよ」

「復讐だな」

即答《そくとう》する。それ以外の答えは浮かばなかったし、必要ない。

ババアは返事があるとも考えていなかったのか、きろりと、目をこちらに向ける。

「奪われたら、報《むく》いを与える。当たり前の考え方だ」

へっへっへ、とババアが肩を揺すった。

「みんな、あんたみたいに自由じゃないのさ」

「自由？」

「倫理《りんり》観《かん》の欠如《けつじょ》というか、吹っ切れているというか」

なんだか悪口を言われているような感じだ。少なくとも褒めてはいないだろう。

つまるところ、変わっていると言いたいのか。……確かに、以前と少しは変わったかもしれない。しかし本質は同じようなものだろう。俺は、生まれたときからこんな人間だった。納得できない部分もあるが、そういうことにしておいた。

「普通、そんな簡単に踏み切れないものだよ」

「……それは、感じている怒りがまがい物なだけだろう」

そんなことを言う俺自身、こうして復讐の現場から離れて感じている憤りや怨念はイミテーションのようなものだと思っている。他人の境遇を聞いて同情する心も、許そうとするあり方も、許せないと否定する言葉の刃も、偽物《にせもの》だ。

すべての欲求や迸《ほとばし》りは、実物と向き合わなければ本物たり得ない。

「壁があるんだよねぇ、愛とか勇気とかさ」

老婆がなにに対して不満を述べているか、意図をくみ取ることはできない。

だが壁という存在には、少しだけ特別な感慨が生じる。

「壁は、崩れたんだ。だから、生き残ったんだ」

うわごとのように不確かな言葉を返す。あのときも、こんな暑い日だった。

あれから二年が経とうとしている。俺の遺失物はなにも返ってこない。お巡《まわ》りさんはなにをしているんだ。世界はボランティアに従事しない。落ち葉拾いも、川のゴミ捨ても手伝おうとしない。そうした思考を反芻《はんすう》し、当然だと笑う。

世界に意思なんかない。体育館は生きていないし、校舎はただの建物だ。

単なる容れ物に救いを求めるなんて、どうかしている。

「ところであんた」

「ん？」

「毎日、どこに行っているんだい。無職のくせに」

「ナンパと飼育当番」

ごまかしながら部屋に荷物を取りに行こうとする。途中、ババアが問いかけてきた。

「悪だくみかい？」

「俺にとっては正義だよ、おばあさん」

そう笑って流し、車いすを前進させる。今日も、復讐するぞぅ。


女はかわいいものが好きだ。……まったく懲りていないと我ながら思う。

本当に脳が前習えしているかもしれない。少し見てみたい光景ではあった。

しかし女の『かわいい』は貴金属類に輪をかけて理解が難しい。俺は犬も猫もかわいいと思ったことはないが、女は大抵どちらかが好きだ。ここらへん、よく分からん。

赤佐羽澄。

子供で、少女で、無口で他人で。

四重苦に理解を拒《こば》む存在だが、分かっていることが一つある。

その無念を、俺は知っている。

祖父は死んだと言っていた。つまり、復讐はどうあがいても果たせないということ。

そこにまつわる遺憾《いかん》や絶望だけは、まがい物でありながら迫真《はくしん》に近い共感を持った。

「だからこれを譲ろう」

羽澄の足の上にそれを置く。俺が持っているよりは、絵になるな。

今日持ってきたのは金魚のぬいぐるみだった。ちょ〇〇ぎょである。俺の中ではこれが一番かわいかったのだ。少々サイズが大きく、羽澄の足が隠れてしまうほどだ。

あと羽澄の手首には昨日渡した貴金属類の中にあった、ブレスレットが輝いている。銀色のそれが羽澄の動きにあわせて光を反射する。金魚の頭に指先を載せた。

「ええと、だな。気に入った？」

子供が相手だとどう喋ればいいのかもよく分からない。片目でものを見ているように距離感が曖昧で、言葉も固くなる。そんな俺がどう映るのか、羽澄は目を丸くしてこちらを見つめ返してきた。ものでⓑ釣ったお陰か、怯えはほんの少し収まったようだ。

「お？」

羽澄が俺の手首を摑んでくる。んで、そのまま引っ張って奥に顎をやる。ついてこいということだろうか、珍しいな。なにか礼でもしてもらえるのかと、少し怖いもの見たさを含みながら素直に従うことにした。向かった先は、羽澄の部屋だ。

俺が入るのは初めてとなる。

羽澄が部屋に入るとすぐ、パソコンを起動させる。その間、俺は部屋の中を見回す。女の部屋ではなく、女の子の部屋に入る経験なんてあまりない。物珍しくて観賞してみるが、ぬいぐるみの多さが目につく。どのぬいぐるみも右足がちぎれていた……ということもなく、棚や窓際に大人しく飾られている。他に実用的なものが机とパソコンしかないので、これはこれで違和感のある部屋だった。匂いが少ない。

立ち上がったパソコンを、羽澄が操作する。反応の鈍いパソコンに苛立つように、マウスをクリックする音がドカドカと力強い。大人しい顔と相反するように短気みたいだが、驚くことはない。こいつの胸にもきっと、怒りがあるはずだから。

羽澄は検索サイトに手早くなにかを打ち込み、画像を表示させた。

どこの店のものか知らないが、ケーキの画像が画面いっぱいに広がる。

花畑のように賑《にぎ》やかな色合いだが、それを俺に見せてどうするんだ。

「なんだこれは」

とんとんと、羽澄が画面のケーキを直接指差す。……もしかして。

「……まさか、次回はこれ買ってこいと？」

羽澄がこくんと、それはそれはかわいらしく頷いた。こらこら。駄目出ししてくるとは予想外だったぜ。『言わないと分からないだろお前』みたいな目で見つめられて、仰《おっしゃ》るとおりと右肩をすくめる。「分かったよ」と頷くと、羽澄も少し嬉しそうに顎を引いた。その後は『出て行け』とばかりに冷たい目となったけれど。

なんなんだかね、こいつは。

困惑こそあるが、金魚の背中を軽く叩いて、ほんの少しだけ羽澄が笑う姿を見せつけられると、なんとなく許してしまうものがあった。

俺に笑いかけたわけではないし、心を許したわけでもないだろう。

だがしかし、人が笑うというのはそれなりに満足感を得るものだ。

自分が心から笑うことの、次に。

こいつの望んでいることは分からんが、少しは喜んでくれたようでなによりだった。

ぬいぐるみ様々である。基本が赤いから多少の汚れはめだたないし。

土方の家から持ってきて、よかったよかった。

そこの空気は工房のそれと少し似通っていた。砕けた窓ガラスの欠片が散乱して、不要となった材木が放置されている。腐った材木の中を巣として、いくつかの虫が繁《はん》殖《しょく》して床に群れを作る。目がイカレている影響でその虫が隅々まで観察できて、どこか気味悪い。脂ぎって黒光りする背中を恐れてしまうのは、人間の本能だろうか。

その廃工場の奥にある、同じく荒廃した事務室に入ると蝉の音も消える。

残るのはずっと遠くでがこんがこんと、鉄鋼の動かされる音。

聞こえる位置の関係から、それは空を叩く音のように聞こえた。

「なんだ、飯食わないのか？　せっかく持ってきてやっているのに」

それが最後の食事となることを教えないと、今日はいつまでも口に含みそうになかった。いやむしろ教えたら意味がないと余計に突っぱねるだろうか。

両手足を拘束されてから半年が経つ水川家の長女は、精神的な衰弱に満ちた顔と、光沢のない目を俺に向ける。食事自体はちゃんと運んでいるのだから、栄養不足ってことはないはずだ。まぁ糞尿《ふんにょう》垂れ流しでこの暑さだ、環境としては最悪だと思うが。

とにかく臭いが酷い。こんなところでは食事をする気にもならないかもな。

その糞尿溜まりの中に産み落とされた子供は既にここにいない。

建前ではあるが、この女には土方の家に渡したと言ってある。

「家族のところに、帰して」

長女がいつも通りに俺に要求してくる。彼女のたった一つの願いはそこからブレることは一度としてない。殺してくれとは絶対に懇願しない。家族に会うという希望があるからだろう。あのとき気絶していたので、両親と妹が死んだことは未だ知らない。

「どっちだ？　水川の実家か、土方の家か」

一人目と二人目の名前をあげる。

「どっちでもいいの、お願い……」

弱々しく懇願してくる。俺はそれを無視して、質問してみる。

「前にも聞いたかも知れないが、あんたは、死んだ人間がどうなると思う？」

以前はなにを話しかけても帰せの一点張りだったが、三日ほど食事を運ばないで放置していたら話に付き合うようになった。死ぬよりマシということだろう。

「死んだら……天国に行くのよ、みんな」

「ふむ、なるほど」

死後の世界か。あると嬉しいが、本当に存在するのかね。

「俺が思うに、死んだ後ってそれぞれの信じた結末が待っているんじゃねえかな」

死後の世界を信じるものは、そこへ。

土に還《かえ》るだけと割り切るものは、無へ。

そして永遠の暗闇を恐れるものには、それが与えられる。

「あぁそうそう。家族のところは帰すというが、そいつはやめておいた方がいい」

いつもと違う否定の言葉を長女が訝しむ。そして、手品の種を明かすように。

「なにしろどっちもこの世にいないからな」

現実を告げる。長女の目に悪い方向に光が差した。とはいえそれは死体に得体の知れない燃料を注いで活発に動かしているような、酷く無理のある『活力』だ。

「昨日、土方の家も全滅させた。生き残っているのはあんただけだ」

「なんで、」

「なんでってそりゃあ、俺が殺したからだな」

相手の問いの主軸《しゅじく》を敢《あ》えて外して、すっとぼけた返答をする。

「生きてる、って、」

「嘘に決まっているだろ」

親子だなぁと思わせるやり取りだった。故に、憎々しい。

こいつの旦那は今、俺の部屋の棚に飾ってある。小分けにして持ち込んで、見世物のようにすればさぞかし愉快で気が晴れるかと思ったが今ひとつだった。

勿体ないことをした。

土方本人はたとえ死体でも眺めていれば気が狂いそうになると思ったので、妻と一緒に早々に処理してしまった。

長女の目元に涙が一気に浮かぶ。同時に口が歪む。歯を吐き出すような強い勢いで、泣きながら俺に食ってかかってきた。悲鳴を上げないだけ大したものだ。

「なんでよ。なんであんた、こんなことっ！」

「お前の親父に殺されかけたとか、夢も希望も食われたとか色々理由はあるんだがね」

長女が一瞬、顔色を変える。しかしすぐに俺を睨みつけて否定してきた。

「嘘よ」

「本当だ。お前にとっていい父親だったことは否定しないが、そういう面もあるってことだ。そしてそれが許せないから、俺はあいつを殺した。その妻も、娘も」

長女が歯ぎしりする。家族の死に触れられて、以前の強気な態度がよみがえったらしい。しおらしい態度でも事態は好転しないのだから、ある意味で賢いといえる。

最後ぐらいは、自分らしくありたいだろ？

「あなた狂っているのよ。ありもしない理由を言い訳にしているとしか思えないわ」

「言い訳って、別に言い逃れてないだろ。全部認めているじゃないか」

親とは別のお花が頭に咲いているようだ。水川はおめでたかったが、娘は人の話を聞くことができないというのも満開らしい。花で耳が塞がってしまっているのだろう。

「復讐していますと。憎いからぶっ殺しましたと。そう言っているぞ」

「そんな理由ないのよ。あなたはただ面白がって殺しているだけの狂ったやつよ、そうに決まっているわ」

「……ま、それでもいいが。死んだ事実は変わらんぞ」

「たとえあなたの嘘が真実でも、それでもあなたは、間違ってる。罪のない人を殺してまわって、最低よ。クズだわ、なんであなた生きているの。死ねよ、死になさいよ」

水川の長女が歯茎まで剝き出しにした形相で俺を否定する。

いるんだよなぁ、こういうやつ。復讐に正義がないと主張するやつ。

俺から言わせれば、あらゆる行いには正しさなんて存在しない。

「じゃあ尋ねるが、お前、その拘束を解いてこのナイフを渡したらどうする?」

長女は睨み上げたままだが、すぐに返事をしない。返答に窮《きゅう》しているようだ。

「俺を殺すだろ?」

助け船を出してやった。同時に微笑んで、同船することを認めさせる。

お前は俺と同じ船に乗り、同じ行いに走るだろう。

野球選手を目指すものが野球部に入部するように。

復讐を志《こころざ》すものも、皆、同じ道を選ぶ。

「だったらお前も死ぬべきだな」

ナイフを構える。まだ食事は残っているが、もう手をつける気力も湧くまい。

伝え忘れたことがないか少し考えて、一つ失念していたことに気づく。

「安心しろ、お前の赤ん坊だけは本当に生きているから」

赤子の話題に触れた途端《とたん》、長女が牙《きば》を剝くように吠《ほ》え立てる。

「返して！」

「やだ」

死人にこの赤子《あかご》を連れて行かせるものか。あれは俺が所有する。

「かえしなさ」のところで喉元にナイフの先端が触れて、長女の声が止まる。

息を呑み、見開いた目と突き出した舌がぶるぶると震える。

「ところでまったく関係のない話をするが、俺は金がない」

「たすけ、って、」

長女が俺の話とまったく別の懇願を始めようとする。ナイフを前へ出し、黙らせる。

「お前が食っていた肉を買う金も捻出《ねんしゅつ》するのが難しいくらいだ」

人を養うというのは、それはそれは大変なものだ。

格安で提供できる肉があるなら、それで我慢してもらうしかない。

「そして俺にはもうひとつ困った問題がある。死体をどう隠そう？」

童謡《どうよう》を口ずさむようなテンポで、長女に断片的なヒントを与える。

そして。

「それを踏まえてクイズを出そう。お前が食っていた肉は、『なんでしょう』?」

正解を暗にちらつかせて、長女の反応を観察する。

俺の人生に残された、一つの娯楽《ごらく》を堪能《たんのう》するために。

「あ、」

長女の目が剝き、その正解を連想して。

絶叫《ぜっきょう》する前に、その張り裂けそうな喉をナイフで引き裂いた。

押し返された声の塊が胃の底に沈むのを、ナイフの切っ先が感じ取る。

喉の中でナイフをひねって、確実に仕留める。脇《わき》にも突き刺して、内臓《ないぞう》を潰した。

俺は小心者《しょうしんもの》なので、二回、三回と刺さないと安心できないんだ。

長女が口を開いたまま、「げぺ」と血とつばを泡状に吐き出して、倒れ伏す。死に顔は次女の方にそっくりで、父親に似ていなくてよかったと安堵する。

少しでも面影を感じ取れば、その顔面が原形を留めることはなかっただろう。

そうして殺し終えた後、聞こえちゃいないだろうがクイズの正解を発表する。

「正解は、スーパーの特売品でした」

それを買う金は水川や土方の家から奪ってきたのだが。まぁ飼料代だな、うん。
もし別のものを連想したのなら、邪推《じゃすい》しすぎだ。
勘違《かんちが》いしたまま死んでいってくれただろうか。それなら、それ以上の喜びはない。
やつの娘に相応《ふさわ》しい末路だ。天国で再会して、俺の愚痴でも言っていろ。
これで二人分、完遂《かんすい》。
ここまで来れば残る二人も俺の存在を意識するはず。ここからが本当に難しくなる。
もし、やつらが正義であるのならこれ以上は誰も死なないだろう。
「……………………………」
ひょっとしたら。
事情を知ったとしても、世界の誰もが俺を否定するかもしれない。
だがしかし、少なくともこの場では。
「正しいなら、あんたは生き残るはずなんだけどな」
だれがなんと言おうと、俺は正しい。
俺が間違っているなら、だれも死ななくて済んだはずなのだから。

四章『く歩』

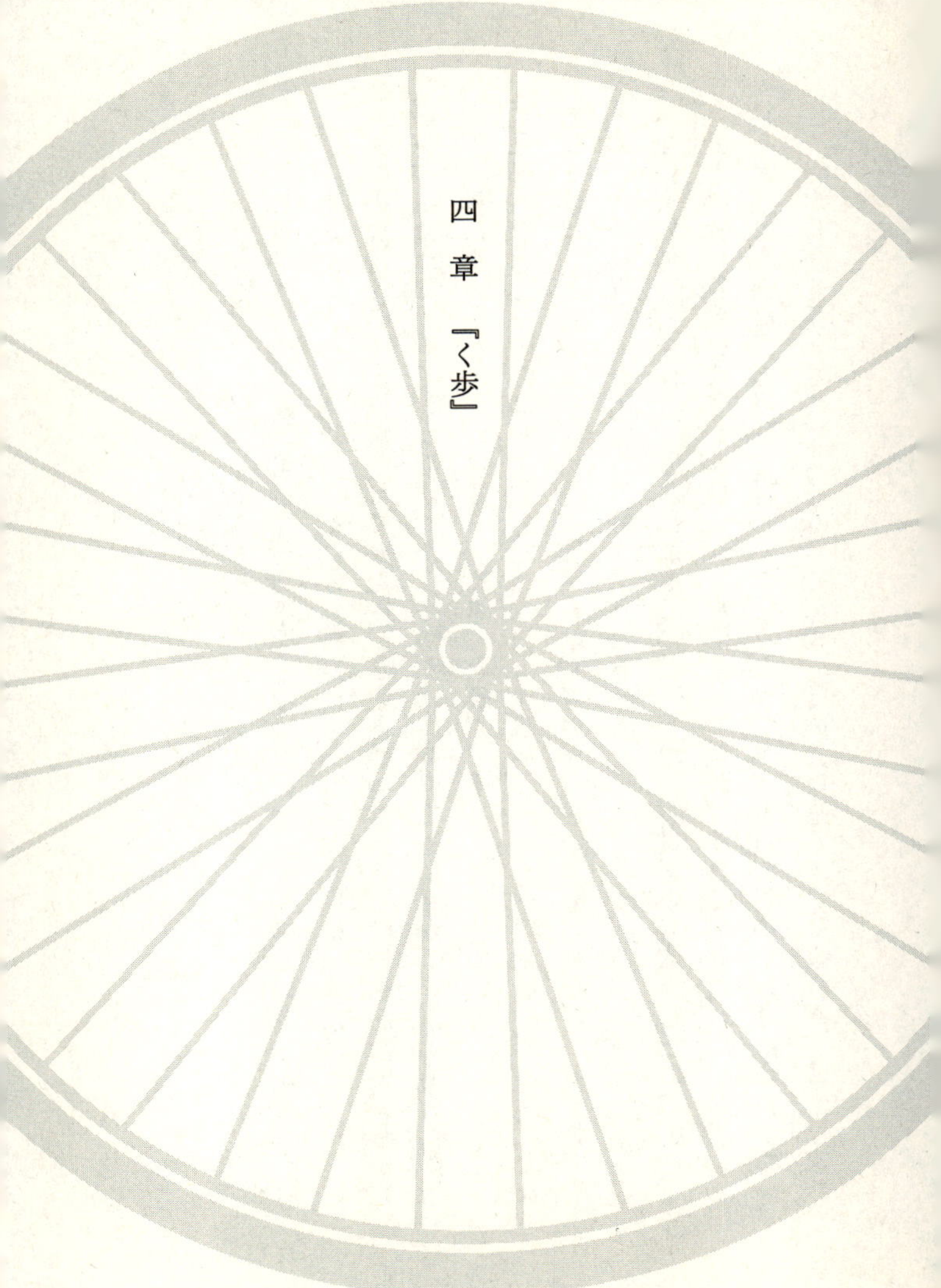

やつがやってくる。やつが復讐にやってくるのだ。

水川に次いで土方も家族含めて行方不明となったのは、やつのせいとしか考えられない。消えた二人の共通点と、そこから結びつけられる犯人像は一人だけだった。あの火災現場の中、拘束されていたやつが生き残っているとは信じがたい。しかし、身を守るために認めるしかなかった。やつが次に向かうのは私か、それとも火口《ひぐち》の元か。根拠はないが私の気がする。いやきっと私だ。そうに決まっている。

私の方が殺しやすいはずだからだ。火口は仕事柄、そうそう狙えないだろう。となればまずは私と考えるのが自明の理。もはや老い先は短いかもしれないが、それでもあのような輩《やから》に殺されるなどごめんこうむる。

私は家に地下室を作り、そこに籠《こ》もることにした。突貫《とっかん》工事で依頼したので小さな洞穴《ほらあな》といった程度の広さしかないが、寝泊《ねと》まりできればそれで十分だった。同居している家族は唐突な私の行動を訝しんでいるようだが、事情を明かすわけにもいかない。ただ私に気を遣《つか》わなくてよくなったので、その点は喜んでいるようだ。薄情な家族共である。やつらは皆殺しに遭っても構わんが、私だけは生き残ってみせる。籠もってから既《すで》に半年が経つ。火口とも定期的に連絡を取っているが、あちらにもやつが現れてはいないようだ。火口を狙って返り討ちに遭ってくれるのを祈っているのだが、やつも三人目からは慎重にならざるを得ないのだろう。

水口と土方のことを思うと胸が痛むが、後に回されたお陰で生き延びる可能性が高まっていることに安堵している。やつらの犠牲をムダにしてはいけない。

この部屋へ続く階段は、車いすでは通れない横幅となっている。無理に飛び降りることもできず、つまりやつは誰かの力を借りなければ降りてくることはできない。人殺しにやってくるのに誰かを連れそうことはまずないだろう。そういう点では安心だ。

ただしそれは、私自身もこの部屋から自由に出られないことを意味する。

ここは生活の場であり、同時に早々に作られた墓でもあった。だがこれぐらいしなければやつから身を守ることはできそうもない。もしかすると家の連中、上に住んでいるのは惨殺されるかもしれないが、私は自分の身がかわいい。

よってこの部屋にいれば、安全だけは保証されたようなものだった。

そんな私の暗がりに潜む心は、彼女が度々訪れることを支えとしていた。

今日もそこに彼女がいる。

「はい、コーヒーどうぞ」

火口の娘、火口志摩《しま》。妙齢《みょうれい》のお嬢さんだがなにを考えているのか、私の元へ通うことを楽しみとしているようだ。こんな老いぼれのどこがよいのか。同情か、介護のつもりか。どんな理由か定かではないが、好意のようなものをもたれているのは確からしい。別にわたしの家族から手伝いを依頼されているわけでもないようだった。

無論、最初から彼女を部屋に入れたわけではない。

当初、この部屋に誰かを入れることは断固拒否した。

やつの差し金かと善意のすべてを疑った。

だが地下暮らしを一人でこなすことは不可能であり、元より破綻《はたん》していた暗がりでの日々に、確かなる光を与えたのが彼女だった。彼女が世話を焼き、動いてくれることで私は辛うじて命をつないでいる。生きる活力そのものも依存していた。

私にとって、彼女は女神のようなものだった。


「きみって女神だよねっ♪　あ、俺にとってはだぜ」

こっちがめいっぱい、突っ張った笑顔を浮かべて褒め称えるとその女は、強ばった頬を窮屈そうに曲げて笑う。外は寒いからだろう。こんな季節にのんびり、外で立ち話しているのは俺たちぐらいだ。こんなことは何年ぶりかと思ったが、初めてだな。

「熱い思いの丈《たけ》を語ってくれてありがとう。早速だけど人目につくとこであんたと話したくないな。むしろ距離を取って近づかないで一生そのままでいてほしいの」

女の拒否の言葉など一切無視して胸中を赤裸々《せきらら》に明かす。

「ずっときみと会いたかった。何年、きみを探したかな」

「わたしはあんたみたいなの探してないけどね」

俺の頭を見下ろして、女が呆れたように笑っている。

「きみと俺の間には凄い運命があるんだろうな。知り合い方があまりに衝撃的だ」

「なぁに、酔っ払ってるの？」

「いや、素面《しらふ》。俺こういうこと言うのが本質なのよ。道化ってやつ？」

「そうね。本当にピエロね。サーカスに推薦《すいせん》してあげようか？」

「それも、悪くない生き方だと思う」

でも俺、他にやることあるからさ。

「それで……あんた、なにをお望みなの？」

「連絡先を交換しよう。基本だろ、お付き合いの」

「……いいわよ」

　女は案外あっさりと電話番号を教えてくれる。俺の携帯電話などあのときに燃えてなくなっているので、家の電話を教えておいた。こいつから連絡は取らないだろうが。

「多分近いうちに連絡を取るよ。そのときに、きみにお願いがあるんだ」

「でしょうね。だから声をかけたんでしょ」

「きみって察しもいいねぇ。ほれぼれするよ」

「こっち見ないで褒められても、腹立つだけなんだけど」

「でも俺、じっくり人を見ると怖がられちゃうから」

目がとっても怖いらしいからな。

話が終わると女がすぐ、逃げるように離れていく。うん、今日はうまくいった。

人生が一歩、大股《おおまた》で前進した印象だ。

「くくっ、そりゃあ傑作《けっさく》」

もうそんな感覚、忘れてしまったのに。

その前向きなイメージを損なわないよう、今日も死ぬほど苦労して家に帰ろう。

女神は言い過ぎたと独り照れて、机に突《つ》っ伏《ぷ》す。

いい歳《とし》なのに無垢《むく》な、あるいは青春まっただ中の少年みたいな崇拝《すうはい》を語ったことに恥《は》じ入る。しかし彼女はそれに値する美しさと内面を兼ね備えた女性だった。

そんな女性がなぜ、大きく歳の離れた私のもとへ足しげく通ってくれるのか、恵まれていながらも理解しがたいという奇妙な状態だ。言ってはなんだが私は下半身の融通も利かず、家族からもその世話を疎《うと》まれるような人間だ。懐《なつ》いている孫娘のいた頃を回顧《かいこ》し、その思い出を胸に慎《つつ》ましく、極力迷惑をかけないように生きていくだけの味気ない余生を送るのが務め、だと思っていたのだが。昨日に引き続き、今日もやってくる。変わらない。私が考えていることもやつか、志摩くんのことばかり。

頭の中が青春狂い咲きといったところか。

階段を下りてくる足音に安堵する。足を使えないやつが、その音を立てることはないからだ。やつが車いすで降りてくることはないとしても、人の足音にこれだけ安心する身の上が、少し寂しい。

「こんにちは、ユーイチさん」

名前をそのような涼やかで若々しい声で呼ばれると、せっかく落ち着いていたのに浮き足立ってしまう。扉を開けて入ってきた妙齢の女性が、にこりと微笑む。

火口志摩。彼女はほぼ毎日遊びに来てくれる。そうなったのは半年ほど前からだろうか。志摩くんとは以前から面識があり、話す機会もあったがなにが彼女の意識を変えたのだろう。尋ねたことはあるがはぐらかすように笑って答えてくれない。

「やぁ……悪いね、今日も来てくれて」

「悪くはないですよ。自分のために来ていますから」

ハンドバッグを置いてから、志摩くん専用の椅子に座る。私のすぐ隣にその椅子はあり、寄り添うようにして微笑む。嬉しくはあるが、複雑な心境だ。

なにしろ多少がんばれば祖父と孫娘といった年齢差だ。火口もいい顔はするまい。定期連絡を取る度、嫌みの一つを言われても甘んじて受けねばなるまい。

「父は関係ありませんから。これ、わたしの人生なんですよ」

私の顔からなにか読み取ったように言ってくる。敵わないな、と頭を掻いた。

家の者は、度々やってくるこの子にどんな印象を持っているのだろう。私が金で女を釣っているとでも、悪意ある解釈をしているだろうか。金で買えるのなら、それはそれで分かりやすくて悩まずに済むかもなと自嘲《じちょう》めいたものが浮かんだ。

この聡明《そうめい》な女性と開き直るように、面と向かってつきあえない理由には私の過去の行いが関係していることは明白だった。知ればいい顔をしないだろう、きっと。

いや恨むだろう、きっと。おぞましいものを知った彼女の心中を想像すると、それだけで心が苦しくなる。この世には想像の外を生きる、理解しがたい生き物がいることを彼女は知らなくていい。幸せを知っているのなら、不幸まで学ぶべきではない。

「あの、たまには外を散歩でもしませんか？　ちょっと寒いですけど、色々話したいこともありますし」

志摩くんが提案してくる。そういう誘いを時々してきて、その度に私は断っている。外に出た瞬間、私はこの首をはね飛ばされる覚悟が必要だ。

もちろん、そんな覚悟はない。年寄りだからこそ長生きしたいのだ。

彼女は私がここに籠もっている理由自体は聞いてこない。踏み込みすぎて私を傷つけないようにという配慮を感じる。家族との不和についても承知の上なのだろう。

「魅力的《みりょくてき》な提案だが、辞退《じたい》しておくよ。……どーも、ここが落ち着いてね」

あながち嘘でもなかった。平地にいることがなにより心の平穏を乱すのだから。

本当は下り階段でなく上へ、二階へ部屋を作るべきだった。なんの考慮もされていない階段を無理に下ることはできても、上ることは一人ではまずできない。車いすとはそういうものだ。だからやつを恐れるなら、高い場所にいるに限る。

しかしそれは私も同じだった。私は一人で生きられない人間なのだ。

「きみが来てくれるなら、それでいい。……手間かもしれんがね、きみには」

「そんなことないですっ。わたしは風間さんのこと好きですから」

さして照れる様子もなく、臆面なき好意をぶつけてくる。

枯《か》れたはずの肌に瑞々《みずみず》しさを取り戻すように、年甲斐もなく全身が熱くなった。

「最近の若い者は……」

この言葉を良い意味で呟くのは、珍しいのではないだろうか。

それから二時間ほど一緒に過ごして、志摩くんが帰ろうと支度をする。その間、私は常に暗く沈むものを味わう。年甲斐もなくなにをやっているのだろうと、熱を冷ましながら嫌悪する。しかし人の間に性別と愛があるのなら、止まらないものがある。

額に手をやりながら、私は一つ質問をしてみた。

「志摩くん。……人は、人を殺していいと思うかね」

私がよく考える、人生の命題のようなものだった。唐突な質問と受け取られたかもしれない。志摩くんは穏やかな顔つきのまま、口もとに手を添える。目を瞑って逡《しゅん》巡《じゅん》した後、答えてくる。

「よくはないから社会の中で裁《さば》かれるのだと思います」

志摩くんらしい冷静な態度と言える。私は重ねて問う。

「どんな大義名分《たいぎめいぶん》があったとしてもかね」

「理由があることと、許されることはまた別だと思います」

彼女が言い切る。暴力の似合わない日向《ひなた》の女性でありながら、言葉には力強さがある。私は息を呑み、彼女に顔向けできる人間であるか散々葛藤《かっとう》した末、頷く。

「うん……私もそう思うんだ」

弱々しく笑いかけると、志摩くんも柔らかく微笑んで、一礼してきた。

しばらくそのまま独りにやにやとしていたが、落ち着いて、溜息。

今の言葉が良識というものだと思う。人を殺すとは、反社会的な行為なのだ。

人と共に生きる上で、許されざる罪。

しかし、そんな常識の通用する相手ではないだろう。

私は、私の命を狙うやつを人間と考えたことは一度もない。

もうあれは人の間で生きていないのだ。


あなたはなぜお父さんではないのですか、残念です。

意訳するとそういうことを言われた。

「まぁ厳密には違うけど。そんな立場にあると思っていいよ」

よく分かりません。意訳するとそういうことを言われた。

「親代わりってことだが……まぁ分からんなら、それでいい」

いいのでしょうか。意訳するとそういうことを言われた。

「いいんだ。それより、教えたことを復唱してみよう」

たべものはかんしゃしてたべる。

すききらいはしない。

すきなものはさいごにたべる。

意訳するとそういうことを言った。

「よしよし。それさえ守っていればいい」

いつも一緒にいたいです、いてください。

意訳するとそういうことを言われた。

「もう少し大きくなって、こっちも色々終わってからな」

ずっとまっています。

意訳するとそういうことを言われた。

「嬉しいことを言ってくれるねぇ。愛着持っちゃうよ、実際さぁ」

あせがすごいですよ。

意訳すると、そういうことを言われた。

「気にすんな。それより大きく、立派に育て。それだけが俺の望むことだから」

がんばります。だからほめてください。

意訳すると、そんなことを言っている気がした。


「まだやつの件は終わらないのか？」

定期的に連絡を取っている火口からの返事は『まだだ』といつも通りだった。

『あの頃とは状況が違う。ただでさえ火災の件を含めて未だに色々と疑われているんだ、こちらから動いてやつを殺すことも難しい。あちらから動いたなら別だが』

「やつは絶対に諦めないぞ」

『ああ、動くのは確実だ。お前も金に余裕があるなら護衛でも雇っておけ』

「あるわけないだろう。地下室を突貫で作って、貯金も吐き尽くしたよ」

『ふん。地下に守ってもらうか。壮大だな』

「一足早く墓に隠れている気分だがね」

『それと娘のことだが……お前に言うのもなんだが、見る目がない』

「私もそう思うよ。だが、お前も変人だからな。遺伝したのではないか？」

『そちらへ行かないよう、お前へ近づかないよう言っておいてくれ』

「分かってる、それとなく言ってみた。だが志摩く……彼女はなにも知らないんだ、警戒することなどできるわけがないだろう。人間はそこまで気楽でも、優秀でもない」

『こっちこそ分かっているつもりだ。最悪、危うくなったら家から出さないようにはする。とにかくお前は死にたくないなら、そこから出ないことだな』

「忠告ありがとう。お前が早く返り討ちにするのを祈っているよ」

電話を切る。火口はここに至っても本気になりきれていない節《ふし》がある。心配だ。

「……時間が経つごとに神経がすり減るか、危機感が緩むか……毒のようだな」

やつは復讐のつもりなのだろう。

私たちを殺しにやってくる理由などそれしかない。

火口は話し合いや金で解決することを視野に入れているようだが、そんなものには期待できない。やつの前に金の束を積めば、それに火をつけて投げつけてくるだろう。

正直、あそこまで危ないやつだとは想像していなかった。あの火事の中で生き延びるとも思っていなかったし、やつには私の常識が一切通用しない。

この地下にいれば万全と考えているのも、幻想なのかもしれない。やつなら地下を掘り抜き、横の壁を砕いてやってくる。そんな荒唐無稽《こうとうむけい》を絵空事《えそらごと》で終わらせないようなすごみと執念を感じるのは、私の気の小ささ故だろうか。

志摩くんがここへやってくることに反対なのは、万が一の危険を考慮してだった。

恐らくやつは、私を確実に殺す算段を立てなければこの家へはやってこない。中途半端に殺して騒ぎとするのは本意ではないからだ。そう分かっていても、やつが見せしめに志摩くんを殺害しないとは言い切れない。私と懇意《こんい》にしている相手がいるなどと知れたら、やつがどんな行為に出るか分かったものじゃない。人質に取るならまだやつにしては善意にあふれていると言える。出会い頭に刺し殺す方が自然な相手なのだ。そんなやつに命を狙われているのに、人を側に寄り添わせてはいけない。

「……もし、」

もし、志摩くんが人質に取られて、やつが出てこいと要求してきたら。

私はこの部屋を出て行けるだろうか。殺されに、おもむけるだろうか。

自信がなかった。その臆病な自己愛《じこあい》に溜息が漏《も》れて、絶望しそうだった。

「風間さん、どうかしました？」

今日も私のもとを訪ねてきた志摩くんが、挨拶より先立つ私の溜息に反応して顔色を窺ってくる。そのまま隣の椅子に座り込んできた。

外を歩いてきたばかりだからか、寒風にさらされた耳と頬が赤くなっている。

「なんでもないよ」とその頭を撫でる。孫娘に接しているような扱いに、彼女は少しだけ不満そうだった。子供扱いされるのは不服か。しかし年齢がなぁ、と苦笑する。

大切な人がいる。それを失う痛烈《つうれつ》な痛みがある。

やつもそれを歪んでいようと知っているからこそ、皆殺しにするのだろう。

大きな復讐を、果たそうとしている。

「今日は大事な話があるんですから、ぼーっとしてないでください」

「あぁ、すまんすまん。で、話とはなにかな」

「えーっと……ほら、あのですね」

志摩くんが言いよどむ。よほど話しづらいことなのだろうか。

いつもはきはきと物怖じせず喋っているので、新鮮な態度である。

しばらく待ったが切り出さないので、助け船のつもりで別の話題を出した。

「……ところで、前にも聞いたが。きっかけは、なにかあるのかね」

「きっかけ、ですか」

以前にも何度か尋ねたことを、もう一度聞くと志摩くんが曖昧に笑った。

どんなきっかけがあって私の元へ通うようになったのだと。

「恥ずかしいこと聞かないでほしいなぁ」

志摩くんがはにかむ。おいおいと思わず笑ってしまう。

好きだとは平気で言うのに、そういうところは恥じる。

女性とは分からんものだ。

「どうしても知りたいですか？」

「いや、そこまで、でもないが」

どうしてもなどと口にされるとこちらの方が萎縮《いしゅく》してしまう。志摩くんもそのあたりは承知のようで、冗談だったのかくすくすと笑い出す。そして、続きがあった。

「去年の夏に、不思議な人に出会いました」

「……人との出会い。それがきっかけ？」

「はい」

志摩くんが頷く。髪を弄りながら、少し照れたように俯いて、志摩くんが言う。

「その人に相談して、決めたんです。素直になろうと」

そう言って、胸元に寄りかかりながら私を見上げる。間近で目があい、どぎまぎ。

どれだけ深い仲になろうとも、その瞳に見つめられると緊張してしまう。

素直になるということは、きっかけはさておき最初から……それだったと。

触れられている胸が熱くなる。その髪をなで回したくもなるが、自重した。

まだ話の途中だったからだ。

「その人、すごく変わってるんです。端から見ると普通でないのは間違いないんですけど、あれを維持したまま生きているって素直にすごいなぁって。そう思うんです」

ほんと変わってますよ、ほんと。サーカスみたい。

志摩くんが子供のように手を打ち、思い出して笑う。

サーカスみたいな、変わった人？　まるで想像がつかない相手だ。

「どんな境遇に陥っても希望を捨てない人はいるんですね」

そう語る志摩くんの声には、その相手への確かな尊敬が感じ取れて。

不覚にも少し妬《や》けてしまった。


羽澄とテレビを観ている。といっても、こっちはほとんど観ている余裕がない。

ただひたすら、自己を鍛えることだけに時間を費やしていた。

「あー、あれだ……うまいか？」

羽澄に味の感想を求める。ケーキが好きなようなので、また帰りがけに買ってきてみた。持ち運びが大変で、箱の中身が崩れていないか心配だったが杞憂《きゆう》だったようだ。羽澄はクリームのついたフォークを持ち直して、くるくると回した。無表情で他に目立った反応もないが、うまいよという意味だろう……多分。

「そりゃ、結構」

こいつと無理に仲良くなる必要はないが、意識して疎遠になることもない。共感するものがあるのは事実なのだから。

テレビをぼんやり眺めていた羽澄が唐突に動く。食べかけのケーキを残したまま台所の方へ向かっていった。茶でも飲みに行ったのだろうと気にせず運動を続けていると、すぐに戻ってきた。そして手に持っていたタオルを頭にかぶせてきた。

白地のタオルが顔の側面を覆い、日の下にいるように視界が眩《まばゆ》くなる。白色を見れば光り輝く。おかしな目を持ったものだ。

で、これはケーキの礼だろうか。そこで金を使わないあたりが女だなと感じた。なんにせよ、羽澄が親切を働くなんてこれが初めてだ。

「ありがとな」

単に俺の汗が床を汚すのが嫌なだけだったかもしれないが。

羽澄は小さく頷き、定位置に戻ってフォークのクリームを舐《な》める。

さりげなく、その甘さに『にゃーっ』となったのを俺は見逃さない。

「今日は、どっちが夕飯を作るんだ？」

運動を繰り返しながら聞いてみる。この冬はババアが風邪《かぜ》を引いて体調を崩しているので、台所で食事の準備をするのは俺か羽澄しかいない。しかし羽澄は今まで家事を祖母に頼りきっていたようで、料理はからっきしだ。俺も左腕が使えないとどうにも勝手が違うため苦闘《くとう》気味。どちらも頼りないのでレトルトや宅配に世話になることが多い。

羽澄がフォークを自分の顎に向ける。自分が作ると言っているようだ。今夜がカップうどんか温めただけのハンバーグかしらないが、一から調理するよりはマシだ。

夕飯の予定も立ったので、心配事のなくなった身体を上下させる。頭は軽くとも他が重いことには変わらない。背中に丸太がくくりつけられていると言っても信じる重さだ。こいつが命の重みだとするなら、なるほど、尊重する気持ちも分かる。

だからこそやつらを踏みにじることで、相応の満足感を得られるのだろう。

感情の質量を直に受け止めることを、人は感動と呼ぶ。

「ババア、早く治るといいな」

社交辞令のつもりでそう言った。実際、治った方が俺たちの生活は安定する。

その意見に頷くと思った羽澄はきょとんとしたまま、それ以上の反応をなにも示さなかった。


「そろそろ、大事な話は言えそうかね」

「あ、はい。じゃあ聞いてください」

そう言いながらも姿勢を正して、深呼吸してとまだ前振りが続く。

よほど重大なこと、たとえば？

もしかしたら、志摩くんからここには来ないと宣言する気かもしれない。

それは皆が望む形でありながら、しかしやはり一抹《いちまつ》の寂しさが伴うものだった。

「子供ができました」

「……………………………………………………あば？」

ば、ば、あばば？　あばばばああばばっばああばばばばば、ばばば？

言葉を失った。比喩ではなく、思考ができなくなっていた。

心臓が確実に数秒止まっていたと思う。むしろ口から飛び出していたかもしれない。

「あ、あば、あわば」

「ちょちょちょ、泡ふかないでください」

志摩くんが駆け寄ってきてハンカチを差し出してくる。借りて口を押さえながら、あがった息が落ち着くのを待った。動悸《どうき》は老人の限界を超えるように加速している。

「今の風間さん、蟹《かに》みたいでしたよ」

「お、おぅ。失礼した」

口もとを拭う。ハンカチを返して、新鮮とは言いがたい地下の空気を吸い込んだ。

「……ほ、本当に？」

そういう冗談を言う子ではないと分かっていながら、確認してしまう。

志摩くんがムッとなる。案の定、気分を害したようだ。

「やることやっておいてなんですかそれは」

「い、いや。そうなんだが、その、あけすけすぎやしないか」

志摩くんも勢いで言ったが恥じたらしく、赤面する。うむ、お互いに落ち着こう。

二人で深呼吸する。数分経って、志摩くんが口を開く。

「どうしましょうね」

じぃっとこちらを見つめてくる。未だ少し頬が赤く染まっている。

「どうするもなにも……責任は、取らんとなぁ」

金で解決しようとする火口の気持ちが少し分かる。

他人の人生の責任まで背負うのは、ただただ、辛く苦しいものだ。

この歳になって、これ以上の束縛《そくばく》めいたものが増えていくとは思わなかった。

「奥さんはもう亡くなっているんですよね」

「あぁ……五年ほど前に病気でね」

まだ五十代の妻があっさりと逝ったときはショックだった。健康で、黒酢《くろず》を毎日噎せながら飲む妻の姿には元気を分けてもらっていたものだ。しかし正直になればもし今、妻が生きていたとしても志摩くんの方を選んだだろう。残念なことに、だ。

私は善良な人間などではない。ただ自分と、彼女の幸せを願うばかりだ。

「だからあれだ、再婚の形になる……のだが。本当にいいのだろうか」

歳が随分離れた火口を『お義父さん』と呼ぶのか？　殺されてしまうよ。そうした冗談じみた恐怖はさておき結婚などしたら、ここに引き籠もっているわけにもいくまい。出なければならなくなる、ここを。やつの死が確認されるまで、それはできない。

「わたしはいい、というか望む、どんと来いですが」

志摩くんは乗り気のようだ。私も構わないといえばそうなのだが、二人の愛だけでなんでも解決した気になって問題を放り出せるほど、私は若くない。説明しなければいけない相手が多すぎる。私の家族、志摩くんの家族。世間体というものもひっくるめて、茨《いばら》の道といえよう。

「それでまず、紹介したい人がいるんです。この間話した、わたしの相談相手なんですけど」

「うん？　うん……」

「その人、きっと風間さんと話があうと思うんです。色々と便宜《べんぎ》もはかってくれますし、どうしても出たくないなら、ここに来てくれるようお願いしてみますので」

ここに、来る。来るやつなら、考えないでもない。ざるで水切りをするように、階段を下りるものはふるいにかけられるからだ。しかし、躊躇《ちゅうちょ》してしまう。

「遠慮しておこう。きみの紹介であっても、うん」

「……だめですか？」

あまりに外と接触を持とうとしない私が不安なのだろう。

この身と人生を案じてくれているのも、ありがたいと感じる。張り詰めた生き方をいつまでも続けられず、そうして訪れる友人を増やしていこうとするのは、正しい生き方の一つだとは納得する。しかし、命を狙われているというのはそれを凌駕《りょうが》する。

「きみがいうからにはすばらしい女性なんだろうが……」

「あ、その人は男性ですよ」

志摩くんが手を横に振ってくる。なんだと。

「女性じゃないのか……」

「がっかりしました？」

少し意地悪そうな顔で志摩くんが覗いてくる。いやいやと手を横に振り返す。

「がっくりというか、まぁ、なんだね」

嫉妬《しっと》したとは大っぴらに言えなくて口ごもる。相談相手が男。むぅ。

それ自体が気に入らないが、なにより。

まさかとは思う。まだ志摩くんが生きている時点であり得ないだろうとは思う。

しかし、確認せずにはいられない。『やつ』ではないだろうか。

「その人は、車いすに乗っていないだろうか」

やつであったのなら、志摩くんには二度と家から出て行けないと言葉を厳しくしてでも忠告しなければいけない。我々とやつの因縁《いんねん》も、場合によっては告白する必要があるだろう。あの件について知るものを増やしたとしても、彼女の命を選びたい。

「車いす？　座っているの見たことないですけど」
志摩くんがその唐突な質問に首を傾げる。平静を装いつつ、ホッと息を吐いた。
車いすでないのなら、まず、やつではない。
そもそもやつが志摩くんと接触していたら、とっくに殺しているはずだ。
やつでないのなら、一度会って礼ぐらいは言ってもいいかもしれない。
そんな気の緩みが起きかけて、いやいやと思う気持ちとせめぎ合う。
私を孤独に埋没《まいぼつ》させなかった立役者は、間接的にその男となる。それは認めるが、
しかしやはりと尻込みしてしまう。やつとその男がつながっていない保証などないし、
そもそも子供ができただのとここにきて騒動が起き始めたのは、運命の流れのような
ものが私の寿命を操作しているような、そんな世界への疑問さえ尽きないことで。
……なにを考えているんだ、私は。意味が分からないぞ。
なにもかも疑ってしまいそうになる頭を、胸を二度叩くことで落ち着かせる。
……大丈夫だ、やつじゃない。
一人ではこの部屋に絶対来られない。しかし、誰かと会うのはそこまで確信があっ
たとしても恐怖とためらいを覚える。やつ以外にも同様の恨みを買っていたら？　そ
うした疑念はいくら前向きにあろうと消えないものだ。

そうした後ろめたいことがあるからこそ、悪人は袋小路に落ち着くのだろう。

認めよう。私は、悪人だ。その上で、大いに悩もう。

きっとその先に、老い先短い幸せが開けている。


ババアが風邪を引いたままふらふら出歩いて、見事に倒れた。

自業自得《じごうじとく》ではあるが放っておくわけにもいかない。

病院に行けと勧めたが頑《がん》として拒否するのでやむを得ず、自宅で世話をするしかない。だが働いていない俺とは異なり、羽澄には学校がある。俺だって忙しいという主張など受け入れられず、ババアの世話を請け負うしかなかった。

それに最近知ったが羽澄は案外いい加減なところがある。頼ることは危険だ。

「いやぁあんたはいい男だよ、死んだ祖父さんを思い出すぐらい素敵さ」

「婆さんはそういうことをすぐ言うが、老人を引き合いに出されても褒められている気がしないんだよ。俺はまだ三十にもなっていないんだ」

「あんたなんか褒めてないさ。旦那の方を褒めてるんだよ」

「あーそうですか、はいはい」

「妬かないでおくれ」

きしししと作業中のババアが元気に笑う。看病《かんびょう》いらんだろ、これ。

しんどいしんどいと訴えながらも大人しく寝ていない。羽澄の義足を丹念に作って、時々鼻水をすすっている。前回作った義足は本人的にいまいちだったのか、マネキンのような飾り物となっている。足だけ置いてあるとその続きもほしくなるものだ。

「大人しく寝てりゃあいいのに」

見ていると時々、額を手で支えて俯いたまま、動かなくなるときがある。頭痛を堪えているようだ。今、人のこと言える顔ではないがババアも苦悶に満ちていた。

「あんたの車いすの手入れもしてやらないといけないからね。ったく、せっかくいいのを作ってやったのに乱暴に扱うからねぇ。軋む音が聞こえるじゃないか」

「そういう風に使うって前もって説明しただろ」

復讐のためだけに求めた変化の象徴だ。荒っぽくもなる。

身体も、心も。その生き方に適応していく。大きな努力を伴って。

「まだ終わらないのかい」

「あんたがくたばる前には一通り終わらせるさ」

その後は乱暴に扱わなくて済む。世話になりっぱなしということもなくなるだろう。

「二年か、三年か。よく飽《あ》きないもんだね、同じことばかりして」

「あんただって、車いす作ったり、義足作ったり、ばっかりじゃないか」

苦しくなって息を吐く。ババアはふふんと、鼻で笑い飛ばしてくる。

「私のは仕事。あんたのは趣味みたいなもんじゃないか」

「趣味か……趣味、まぁそういうニュアンスが近いか」

道楽のようなものではある。真摯《しんし》に命と歳月、時間をかけているがな。

恐らく一生をこのまま捧げることになる。

たった一つの目標に人生を費やす。そういう生き方に、昔は憧《あこが》れていたものだ。

電話が鳴る。非常に狂った姿勢でごりごり身体を痛めつけながら電話に出た。

「……あぁうん、はい。分かった、二時に集合で」

短く返事して電話を切る。姿勢を戻すと、ババアがすぐに口を挟んできた。

「おやまた悪だくみ」

「いいんだよ。俺は悪人だからな」

悪いことだけ考えていればいいのだ。……俺ってこんな単純なやつだったかな。

屈折《くっせつ》していたはずの出自《しゅつじ》と人間像が歳を重ねるごとに直線的になっていく。大抵のものは真っ直ぐが劣化して歪んでいくというのに、真逆をいくのはどういうわけだ。

そして俺は別段、成長しているように思えない。

二年前の志《こころざし》を置いたまま進んではいけないと、なにかが引き留めるのだ。

「あんたと会ってもう二年か。昨日のことみたいに……」

なにかを言おうとしてババアが激しく噎せる。背中を折って、身体が弱々しく震えた。無理をするからだと呆れる反面、胸がざわつく。ムダに不安になってしまう。

「もう長くはないだろうね」

ババアがぽつりと言う。また老い先短いごっこか。

「それであれだろ。五年以内に死ぬからそれまで大事にしてくれよーとか訴えて、十年は平気で生きるんだ」

「だといいけどね」

また咳《せ》き込む。……わざとではなさそうだな、苦しみ方からして。

ババアが口もとを拭った後、俺を見下ろして言った。

「羽澄を頼んだよ。それとなく世話してやるぐらいでいいから」

「分かった分かった。なんとかするさ」

それがこの老婆と、そして恐らく羽澄の願いだろう。

今はそれに応えることはできないが、すべて終わった後なら考えないでもない。

ババアがけほけほと咳き込む。今回のはわざとらしかった。

「最後だから母さんって呼んでもいいよ」

「ふざけんな。そんな歳じゃねえだろ」

精々、ばあさんと呼ぶぐらいが限界だ。

……さて、電話もかかってきたことだし。出かける用意をするか。

なにしろ時間がかかるからなぁ、移動に。

「車いすの手入れ、帰ってきたらよろしく」

「はいはい任せときな」

ばあさんに手を振って見送られながら、工房を出た。

今生《こんじょう》の別れのように挨拶する。

「元気でな、ばあさん」

「まだ死なんっつーのに」

あんたが先にふったネタだろうが。


志摩くん以外の人を迎えるのは、正直気分が優れない原因の一つと言える。

彼女が何度も頼み込むので了承したが、私の悩みは他に山ほどあるのだ。つい先日、特大のそれができてしまい更に混迷を極めているのに、人と会っている場合かと思う。しかし志摩くんにはできない相談というものもある。志摩くんの気を害するような意見の聞き手がほしいと思うのも事実だった。だからこそ、彼女が認めた人物に会おうという流れになったのだ。

志摩くんの狙い、いや願いはこれをきっかけにして私が外へ出ることだろう。比較的食べられる野菜をとっかかりに、他の野菜も食べるよう教育される子供のようだ。志摩くんは私を世捨て人のように考えているらしい。冗談ではない、誰が好んで捨てるものか。やつさえいなければ。そしてあのとき、火を放ったやつさえいなければ。火口はもう、娘の妊娠を知っているのだろうか。知っていたら電話の一本もありそうだ。やつを殺したという連絡もまだない。やはりやつは私を先に狙っているのだろうか。だとすれば一層、この部屋から出ないという決意が固まる。

机に額を打ち付けるようにしながら様々な悩みに思いを馳《は》せていると、足音が聞こえてくる。とん、とん、とんと。

独特のリズムで階段を下りてくる足音。聞き慣れた志摩くんのものではない、とすると例の紹介したい男だろうか。跳ねるような足音がゆっくりと、近づいてくる。

だが、妙だった。足音は一つなのだ。志摩くんも一緒に来ると思ったのだが。となると、久しくやってこなかった薄情な家族共だろうか。

その足音が扉の前までやってきて、ノックしてくる。ノックの音は足音と異なり、随分と粗雑《そざつ》なものだった。「どうぞ」と入室を促しても、すぐ入ってこようとしない。

「荷物で手が塞がってるんで、開けて頂けますかー」

変に甲高《かんだか》い声だった。サーカスと言っていたが、本当にピエロじみた話し方だ。仕方なく車いすを動かして扉の前へ向かい、押して開けてやる。

するとその扉の向こう。暗色に彩《いろど》られた地下に、一本の大きな影が立っていた。

ピンと、背を伸ばして。その背を、前面に押し出して。

サーカス。曲芸。そうした表現に合点がいく見た目だった。

その男は右手だけで逆立ちをして、部屋に入ってきたのだ。

予想だにしない登場の仕方に、啞然《あぜん》とする。

腹筋や背筋が鍛えたりないのか、安定性がない。左足は伸ばすどころか萎《しな》びた葉のように垂れ下がっていた。左右に激しくふらつき、動く量も一定ではなく。しかしそうした困難を、極端《きょくたん》に鍛えたのが見て取れる右腕ですべて補って、とん、とん、と先程までの階段を下りてきた音と同じものを立てる。

足音の正体はこれだった。そして本体の正体も、そこから悟《さと》る。

「あ、あぁぁああ！」

その男が私の悲鳴を聞きつけて、こちらに顔を向ける。

滴らせた汗もそのままに、苦悶《くもん》の笑顔を浮かべてきた。

「すいませーん、彼女には急用を作ってあげたのでこられませーん」

やつだ。やつが、逆立ちして、やってくる。なんだ、これは。

思わず車いすを後退させる。しかし狭い部屋なのですぐに机にぶつかって止まってしまう。やつは右手でぴょんぴょんと跳ねながら、確実に距離を詰めてくる。

「い、し、志摩くん、を」

どうしたと聞こうとしても喉が震えて、まともに喋ることができない。

叫んで家族を呼ぶこともできなかった。そもそも、家族は、生きているのか？

「だから病欠だって言ってるだろ。耳が遠いとあの世に逝ってから大変だと思うぜ」

ぼたぼたと、血のように汗が流れ出て床に垂れる。いや実際、やつの流しているものには血液が混じっていた。どこから垂れているというのか。やつ自身には表向き、怪我《けが》が見られないというのに。だれの血なんだ、それは。

悪夢がやってくる。自身の手で招き入れてしまった、やつが逆さまの業《ごう》を背負って。

落ち着け、冷静になれ。やつは逆立ちで、不安定な姿勢だ。ただ迫ってきているだけで、それ以上はなにもできない。一度横に倒してしまえば終わりなのだ。

なぜこんなやつを恐れているのだ、と空元気を取り戻すように己を鼓舞《こぶ》する。

冷静に、やつの右手をなぎ払って蹴倒《けたお》してやろうと前屈みの姿勢を取る。いやそれよりも、もっと単純な方法があった。その無防備極まりない背中めがけて、体当たり。背骨をへし折る気概を持って、無我夢中《むがむちゅう》にぶつかる。

と。

「あーあ、やっちゃった」

そう言って、やつ自ら床から指を離して前へ飛んだ。

激突した車いすを中心にしながら、前転の形で、やつの身体が私の方へと倒れ込んでくる。

伸ばした右足の、中途半端に履いていた靴がぼろりと脱げて、「あ」と目を丸くする。

脱げた靴の奥には裸足《はだし》と、そして。

足の甲《こう》を貫いて裏側に突き出た、ナイフの刃があった。

その刃が弧《こ》を描き、私の腹に突き刺さった。派手に前転したやつの足ごと私を貫き、まず衝撃で意識を失った。しかし一秒も経たない間に激痛で目が覚めて、喉を引きつらせて悲鳴を上げる。邪魔だ、邪魔だ。無遠慮に私に寄りかかるやつの両足の重さが、ナイフをずぶずぶと深くめり込ませてくる。やつの足も挟んでいるので即死《そくし》に至るほどの傷ではないが、生まれて初めて腹を割られて、苦渋《くじゅう》と苦悶に絶望する。

「救いになるのか、ならんのか知らんが。死んでも、火口志摩にはまだ会えない」

右足を右手で殴って、刃を押し込んでくるやつがそんなことを言う。

更に右足を揺らしてくることで、腹の中で刃が踊る。腹の中で毛虫が数百匹の集団で這い回っているようなおぞましい激痛が動き回る。志摩くんの名前が出たことで左目だけがきろりきろりとやつに反応するが、しかし今はそれどころではない。魂を削られていく。息を吐く度に身体が重くなり、自分を維持していたものが土台から崩れていくのを感じる。手足が痺れて感覚が希薄《きはく》となり、どんどん、儚くなっていく。夢に侵食されるように、意識まで薄れていった。

こんなバカな死に方があるものか。

私はもっと、もっと、どんな風に、死ねばいいのか。

なにも思いつかないで、そんなもの思いつきたくなくて、ただ死にたくないと願っている間に、目の前が真っ暗になる。そして。

そして。もがこうとした手が動かなくなる。上半身だけをひねって力なくやつを引き離そうとしていた身体の感覚が消える。やつもいなくなったが同時に、私を覆う暗闇を払うこともできなくなる。座っているのか寝転んでいるのか、まったく把握できないまま叫ぶ。助けてくれと、死にたくないと。だれか、と救いの手を求める。

しかし、終わらない。なにも終わらないのだ。暗闇が途切れることもない。私は死んだのか？　もう殺されてしまったのか？　それならば、終わる。終わるはずではないか、この真っ暗な時間も。終わって、終わって、どうなる？　意識がずっとないというのはどういうことなのか。眠りから常に覚め続けて生きてきた私にはそれが理解できない。ただ恐怖。もし、このままだったらと。このままずっと、身動き一つ取れずに意識だけがここに取り残されて、永遠が続くとしたら。

死ぬことに終わりがないとしたら。

嫌だ。嫌だ誰か、私を消化してくれ。ここから消してくれ。

転げ回りたく、叫び出したいのになにひとつ叶わないまま、頭だけが回り続ける。

そして、私は。このまま、このまま、ずっと、世の中、案外うまくできているものだと思った。

俺が逆立ちで階段を上り下りしたことも含めて。時間さえ費やせばどうにか解決することができる。人を探すことも、人の信用を得ることも。止まらない汗のむずがゆさに発狂しそうになることは、どうにもならないのだが。

あと、右足がすーすーする。当たり前だが、穴がぽっかりと空いていた。

帰り道、ただでさえ寒い冬だというのに足の穴ぼこと血と、固まった汗がそれぞれに助長する。髪が塩でばりばりに固まって、つららみたいに折れそうだった。

成果を出せたとはいえ、あんな階段の上り下りは二度とごめんだ。

ここ半年間は路上を歩くときも逆立ちしていた。右腕と肩が二回りは太くなった頃にようやく、ある程度自由に移動できるようになった。これができなければ、絶対に部屋から出てこないあの老人を殺すことは不可能だと結論を出した。まさか引きこもりを徹底してくるとは予想しなかったのだ。ジジイの命への執着《しゅうちゃく》を侮っていた。

死体も運び出せないから、あの地下室に放置しておくしかない。

その点は誤算だったが、火口志摩の方もある意味で計算以上だった。

あの女を焚きつけて、ここまでうまくことが運ぶとは期待していなかった。他の女をもっとあてがう必要があるかな、程度に考えていたのだが。あの女が爺《じじい》好《ず》きの変態で助かった。ジジイとの子供をこさえるとは驚いたが、非常に好都合だった。今のところは生かしたまま監禁《かんきん》してある。また飼育が始まるのだ。これで子供が二匹そろった。あとは、俺個人の決着をつけるだけだ。最後に残るのは火口。やつを殺すための布石《ふせき》は整った。運命の胃液が織《お》りなす波に翻弄されながら、胃の中を泳ぐ。その波に乗るために、俺はこぎ出す。右腕だけでも、誰にも負けない勢いで。永遠のパドリングと、近所迷惑に大声で歌い上げた。

五章　『車輪の戦慄』

先のことは分からない我々がたった一つ知っている未来の情報がある。

必ず死ぬということだ。

そしてそれまでは絶対に生きている。だから俺はその間、懸命《けんめい》に生きようと思う。

幸せであろうと悪あがきする。


最後の復讐相手を一言で語るなら。

「金持ちだな」

身もふたもない言い方だが、やつを表すのに手っ取り早い言葉はそれだった。

いかつい印象のある角張った屋敷は、周囲が和風の建築のお屋敷だらけである故に異彩を放っていた。旧時代の武家屋敷のように仰々しく、しかしどこか懐かしさに訴えかけるような和装の家並みと異なり、やつの家からは温かみを感じない。

敷地は他の屋敷よりずっと広い。外側だけではなく、屋敷の中央にも庭があるようだ。洋館の正面にはまず坂があり、少しのぼると左右に階段。折り重ねたようなその段差をのぼって正門から入る作りになっている。坂はのぼって真っ直ぐ進むと駐車場のようだ。外国の館をそのまま移動させてきたような、雰囲気を重視した作りになっている。

二階にはウッドデッキが見える。そこも含めて木製の壁には植物の蔦《つた》が茂っている。手入れはされているようで、美しい緑に彩られていた。ひのふのみ、と窓の縦に並ぶ数から三階建てであると推察する。階段が多いことはこちらの不利に働くので、苦々しいものがある。

双眼鏡で火口和正《かずまさ》の屋敷を下見しつつ、舌打ちをこぼす。周辺にあの屋敷より高い建物や、俺が入っても咎《とが》められない施設というものがない高級住宅街なので、夜の影に潜んで調査するのも一苦労だ。もっとも俺には影など見えんし車いすに座っている以上は隠れづらい。昼以上にものが見えるということを差し引いても隠密性《おんみっせい》は低い。

さすがに表立って巡回《じゅんかい》するような警備員の姿はない。厳重に警戒すれば周辺から要らぬ疑いをもたれて邪推を招くし、なにより金がかかりすぎる。金持ちはケチだから金が貯まるのだ。とはいえ、内部に護衛を雇っている可能性は十分にあった。

風間が行方不明となったことは伝わっているだろう。そうなればもう狙われるのは自分しかいないと、当然そう考える。まだ風間を殺してから二週間と経っていないが、こちらも早めに動く必要があった。先に殺されてはたまったものじゃない。

火口は他の三人と異なって攻撃的で、またそれを行えるだけの立場と財力がある。機先を制して俺を仕留めようと動いてくることは十分に考え得る。やつの娘の件も含めれば、相手側も悔恨にまみれて行動を起こすのは妥当《だとう》といえた。

だからできれば警戒の薄い間に殺したかったのだが、必要な人材を確保するのに時間がかかってしまった。いくら無警戒とはいえ、あの建物の三階にいられてはそれだけで無策の強襲は失敗しかねない。車いすの俺は上下の移動に弱い。風間の場合は同じく車いすという境遇と、やつが生活のすべてを切り捨てて対策を取らなかったことが功を奏した。

恐らく、火口は用事がなければ常に三階に陣取っているだろう。俺がやつの立場ならそうする。そして俺が三階へ行くことは、誰かに運んでもらわなければ無理だ。それも複数の人間で。時間と手間がかかりすぎて、現実的ではない。

長く観察しすぎて見つけられてもつまらない。切り上げて、撤収《てっしゅう》することにした。反転して引き返しながら、では、どうすればいいかと自問する。

策は当然ある。ようするに、火口に一階まで下りてきてもらえばいいのだ。自分の無理を他人にやらせることで解決するのが世の常であり、実行はたやすい。

しかし思い描くとおりに物事が進まないことも、多々あるのだ。

それを忘れてはいけない。未来のすべてを、都合よく受け止めてはいけない。


台所に羽澄が立っている。微妙にまだ違和感はあるが、黙って見守る。

羽澄は朝食を作っていた。肉を焼くぐらいでいいと提案したが、色々やってみたいようだ。ばあさんは風邪を引いたままの無理が祟《たた》ったのか体調を崩してしまった。あのときは冗談で言っていたが、実際、一気に老けたように感じられる。

それを表面上、羽澄が心配するそぶりはない。実際、そういう類いの感情が働いていないようだ。羽澄は俺より分かりやすく壊れている気がしてならない。

まぁ、それはさておき。

赤佐のばあさんが作った義足にまだ慣れないのか、右足が時々揺れている。背伸びをしているように後ろ姿が不安だが、手伝うことはしない。これから近い将来、羽澄はばあさんの手を借りずに生きていくことになる。長く、長く。

ここに老人と老婆が生まれるまで。

「……………………………」

しかし、二人だと気まずい。羽澄は俺と喋らないので、会話は絶対に成立しない。そうなると俺も言葉を失いそうで舌が乾いていく。そして身体が震える。朝靄《あさもや》が家の中にまで入り込んでいるような冷え方で、こういうときだけは左半身の感覚がないことをありがたく思ってしまう。できれば裂けそうなほど痛む耳も無痛になってほしい。

冬はいつも春を待ちわびて震えている。そういえば、彼女は夏の方が苦手だったな。対照的だねと話していたことがある。暑いとすぐだれるのに、寒さについてはめっぽう強くて冬でも平気な顔をしていた。あついのが苦手、か。

物思いにふけっていると電話が鳴る。ケータイではなく、この家固有の方だ。羽澄が振り向こうとしたので、それは不要だと言葉と行動で制す。

「俺が出るよ」

テーブルから離れて、電話の鳴る方へと向かった。廊下を少し急いで走って、玄関の下駄箱《げたばこ》に置いてある電話を手に取る。物の配置がなんとも昭和《しょうわ》だ。

『火口だ』

こちらがもしもしと出る前に相手が名乗る。一瞬、虚《きょ》を衝かれて固まった。まばたきを二度して、代わり映えしない壁を見つめて数秒。色々と理解が追いつく。

先手を取られたか。平静を装い、軽口を叩く。
「なにかご用で？」
『お前が犯人なんだな』
「いいえ」
ここに電話しておいて無意味な問答だ。第一、犯人ってなんだよ。
犯罪に手を染めているのはお互い様だろうが。お前に罪人と呼ばれる謂《い》われはない。
『金で解決するなら、払ってもいい。希望金額を言ってみろ』
なるほど、示談《じだん》を申し出てきたか。金があると、慎重になるものだな。
そんなものが俺とお前の橋渡しを務められるとでも思っているのか。
「ご冗談を。長く生きて知らないのですか、『幸せは金で買えない』」
火口からすれば毛ほども信じられない寝言であり、きれい事なのだろう。
それを俺が口にしても、心にもないことと捉えられるかもしれない。
しかし実のところ、俺はこの考え方を認めていた。真理とすら思う。
金でもない。運命の胃の中、溶け合うように出会った。
彼女との出会いの意味を今なお、信じている。
『人殺しがよくものたまう』

「お互い様だろう」

『どうあっても止めないと？』

「どうあったら止められるのか教えてくれ」

解なしである問題を電話越しに問う。火口は溜息を吐く。

そのまま通話を断つかと思ったが、まだ話があったのか声が聞こえてくる。

『娘をどこにやった？』

「娘？　あぁ、火口志摩のことか。なんだ、まだ生きていると思っていたのか」

実際、生きているが。まぁ親としては死体が見つからなかったら生存を信じるのだろう。火口が俺を理解しているわけではない。俺のやろうとしていることを読めているわけではないのだ。

『だから、風間なんかに会いに行かせるのは反対だったんだ』

なんかって、仲間なのに酷いもんだな。

「安心しろよ。一年以内に会えるさ」

あの世があるならな。

こちらから電話を切る。火口が電話をかけ直してくることはないだろう。

受話器を持ったまま、入り口に目をやる。しばらく誰か入ってこないかと身構え続けて、襲撃はないことを確信してから受話器を戻した。

胸をなで下ろす。そうしてもつっかえているものは落ちていかない。

居所も知られたか。となると今夜、決行するしかない。ただそれは火口も同様に警戒してくる。やつはどこまで俺の行動を読み切っているかな。こちらに有利な点があるとすれば、侮りがあることだろうか。本当に危険視しているならこんな電話をかけてこないで、部下を一ダースほどこの家に突撃させているはずだ。

それで本来、俺は殺されて終わりなのだ。やつがなりふりを構うから生きている。まだ、自分の手を汚さずにことを収めたいとでも考えているのか。

確かに俺はあいつに比べれば不自由な点が多い。

たった一人で、車いすに乗って。対策と距離を取れば取るに足らない相手だと、健常者ならそう考えるだろう。まぁ、間違ってはいない。

前提がすべて正しければ、だが。

「さて、こっちも連絡を取るか」

受話器を再び取り、暗記している番号にかける。二回のコール音を挟み、繋がる。

『今何時だと思ってるの』

最初の挨拶は文句からだった。不機嫌な女の声が雪の結晶を形作るように響く。

「午前八時。別に驚くほどの時間じゃないと思うが」

『わたしの生活を知っていてそういうこと言うわけ？』

「お盛んなことで。用件だけ伝えるが今夜決行する」

女が少しの間黙る。寝ぼけてはいないが、目でもこすっているのだろう。

『急じゃない』

「相手からしかけてきた。攻められたら終わりだからな」

奇襲が生き残る最低条件なのだ。そのためにはこの女の協力が必須《ひっす》だ。

「今夜八時に頼む」

『分かったわ。それじゃあ準備があるから』

女がすぐに電話を切る。こんなやつばっかりだな。通わす情の欠片もなく、淡々と。

「愛がないぜー」

世界のすべてを軽々しく呪《のろ》いながら、台所に戻る。

「卵焼きの焦げを醤油《しょうゆ》かけてごまかすのはどうなんだろうな」

食うけどさ。箸で割ると汁がだらだらと溢れる。一応出汁《だし》巻《ま》きなのか。生焼けかと思って焦ったが卵焼きをほおばり、パパッとライスをかっ込む。

なにか肉を用意してと頼んだのに、注文はまったく無視された。ハムの一枚もない。

冷蔵庫を覗こうかと思ったが、作ってもらってそれもなんなので黙って食った。

黙々と、箸と口が動く。羽澄と向き合ってはいるが、視線があうことは滅多にない。

ばあさんがこの場にいない以上、一緒に食事を取る理由などない。集う必要なんかないのだが、なんとなくこうして生活が続いている。

羽澄の離れない理由には察しがつくけど。

ふと思い出して、それを口にする。

「お前、もう一度生まれてきたいと思うか？」

前に観た映画のパンフレットに書いてあった問いかけを羽澄にしてみる。

顔を上げた羽澄は迷うことなく、首を左右に振った。

「だよなぁ」

同意する。やはり俺とこいつは似ている。根本にあるものが一緒なのだろう。

かつてはその問いかけに頷いたであろうことも含めて。

「……お？」

表の呼び鈴が鳴った。この家に来客など、今まで一度もない。

先程の電話も踏まえて、お客さんが誰目当てか察する。

「羽澄、俺が出る。お前はここから動くな」

そう指示した後、まだ置きっぱなしである包丁を羽澄の側に動かす。

「それと俺とばあさん以外のやつが姿を現したら、すぐに包丁を投げつけろ。まぁ俺に投げてもいいけどな。できれば間違うなよ」

羽澄は無表情のまま、まったく動じない。この調子ならためらいなく投げるだろうと太鼓判《たいこばん》を押して、玄関へ向かった。表で堂々と鳴らすということは同時に、別の場所からも入り込んでくるつもりだろう。

最悪、羽澄が死んでも俺には関係ない。死なないと信じているがね。

なにしろあのガキ、俺と似ているからな。

特に策もなく玄関に立つ。婆さんの所有するこの家は古い。防犯もザルで、濁ったガラスの扉には相手のシルエットが映る。外側からはあまり見えないんだがな。

金属製の扉ではなくこの厚さならいけるなとナイフを構えて、ぼんやりとした人影の腹部めがけて思いっきり突き出した。叩き割れたガラスに引き裂かれながらも、腕が扉の向こう側へと伸び、貫く。相手の予想も超えられたらしく、不意打ちは成功して綺麗に刺し貫くことに成功した。

　これがもし、外にいるのが普通の、それこそ宅配の人だったら？

　勿論《もちろん》、そのまま殺す。一度刺したのにごめんねはないだろう。

　腕を引き抜いた後、扉を開け放ち、外に飛び出す。壁に肩を預けながら呻いていた男が咄嗟《とっさ》に腕と刃物を突き出すが、それは俺の左肩を貫くに留まる。俺が立って駆け寄ることを前提とした攻撃で、もう少し冷静に刺せれば殺せていたのに。

　肩にナイフを突き刺して前へつんのめる姿勢となった男の喉と顎を縦に引き裂く。

　一人は生かしておく必要があるが、まずは頭数を減らす。息の根を止めて、悲鳴が聞こえてきたので急遽《きゅうきょ》振り返る。野太い声だったので羽澄ではないだろうが急いだ。

　台所の前に戻ると、腹の付近に包丁が突き刺さって、「痛い、痛いぃっ」と泣き喚《わめ》いている男がいた。やるなぁ羽澄と感心しながら、その男に近寄る。包丁が刺さったままなので、出血は酷くない。致命傷ではないし、すぐに手当てして止血すれば助かるだろう。

　ちなみに羽澄はそのまま飯を食べている。やっぱりこいつ、俺寄りだな。

　むしろ人を刺して喜ぶような、そう、俺と同じ衝動に支配されている。

「おい、仲間は退治したぞ。残っているのはお前だけだ」

　この世にな。男が俺の存在に、より露骨に怯える。

「少しこっちで話をしよう」

男の腕を掴み、引きずる。包丁の柄がかんかんかんと床にこすれてその度に刃が男の身体の中で暴れるらしく、ぎぇぎぇと悲鳴を上げる。知るか。

玄関先まで連れて行き、仲間の死体を見せつける。男が顔色と血を同時に失って青くなったのを確かめて、ナイフをその首元に突きつけた。

「雇い主に『始末終わりました』と連絡しろ。そうすればこの後すぐ治療して、今夜やつを殺した後に無事に解放する」

このまま連絡なしだったら、俺が生きていますと教えるようなものだ。油断させるためにもやつに虚偽の報告はしてもらわないと困る。なぜ帰ってこないのかという部分を疑われるのはやむを得ないが、なにも言わないよりずっとマシだろう。

男は突きつけられたナイフと俺の笑顔を見比べて、ついでに刺さったままの包丁を見下ろす。命は大事にする方針のようで、すぐに電話を用意した。報告する内容は事前に俺が指示する。男は息苦しそうにしながらも小さく頷いて、通話を始めた。

「俺です……仲間がやられましたが、はい、なんとか……激しく抵抗してきたので、やむを得ず、殺す形に……はい。死体の処理をしないといけないので、帰るのは遅れます……いえ。仲間の死体も含めて、ですから……それでは」

男が指示通りに説明して、電話を切る。すがるような目で、俺を見上げた。

「これで、いいんだな」

「あぁ」

頷いた直後、勿論そのまま首にナイフを突き刺した。我ながら清々しいほど嘘を重ねる。しかしこいつらを生かしておく理由も、誠実である必要もまったくないのだから仕方ない。別に俺は見境のない人殺しではなく、必要だから殺しているだけなのだ。

死体を丁寧に片づけている時間はない。冬なので腐敗も遅れるだろうから、明日になるまで俺の部屋に押し込めて放っておこう。処理はその後、いつも通りに。

まず一人分だけ引きずりながら、工房の方に向かおうとする。しかしそれを遮るように、「おぉい」と扉の向こうから声をかけられる。引き返して、死体を廊下に放置したまま廊下途中の部屋の中を覗く。ばあさんがこちらを一瞥して、のそのそと起き上がった。

ベッドに寝たきりだったその身体を起こすとき、軋む音が聞こえたように思えた。

「騒々しいね、なにかあったのかい」

「ああ、ネズミが入り込んできて、駆除《くじょ》に少し手間取った」

「ネズミ」と俺の肩に目をやる。そういえば刺されたから血だらけになっていた。手のひらを見せてひらひら振ってやると、ばあさんの低い鼻が鳴った。

「羽澄は無事だろうね」

「平然と飯食ってるよ。あぁ、昼飯は後で持ってくる」

「いらないよ。腹が減らないんだ」

ばあさんが緩く首を振る。衰えの末期が訪れた動物のように、食物を摂取する機会が激減していく。自然の成り行きでありながら、直視しづらいものがある。

だけど俺は目をそらさない。己の欲望にも、ありふれた厳しい現実からも。

「今日で終わる」

告げると、「ほぉ」とばあさんが顎を撫でる。意味深に唇を曲げる。

「つまり今日、あんたが死ぬ可能性もあるってことだね」

「そうなるな。普段生きているよりはずっと高い」

「怖いかい？」

「いやぜんぜん」

すぐに否定する。それが嘘か真《まこと》、どちらであったとしてもそう言っただろう。

「あんたこそどうなんだ」

「時々ね。でも仕方のないことだし、抵抗する元気もないし」

ばあさんが右腕で左腕を持ち上げる。瘦せこけた木炭のような腕を摑む。

「人は何年も経てば絶対に死ぬんだ。そう思えば、復讐しなくともいつか死ぬからと納得はできないものかね」

ばあさんがなにかの希望をそこに見るように、無茶を言う。

「できないね。時間をおけば、怒りや悲しみは風化する。自分の一部分が知らないうちにどこかへ消えていくなんて、少なくとも俺はごめんだ」

根本的な話になるが、俺は自分が好きなのだ。

自分の生き方、在り方を認めている。良かれ悪かれ、ここまで生きてきたことを。

だからなにも捨てたくないし、奪われることなど許さない。

「……じゃあ、やるしかないんだろうねぇ」

「ないんだろうな」

ばあさんがなにを言いたいか承知の上で、肯定する。ばあさんが腕を下ろした。

そのままベッドに倒れ込みそうになるばあさんに、念を押す。

「あんたには確かめたいことがいくつかある。それまで死ぬなよ」

「確かめたいこと、ねぇ」

ばあさんが腕を組む。大げさに唸って、わざとらしく、意地悪い笑みを浮かべる。

「若造との再婚の意思はない」

「くたばれクソババア」

言う俺も、言われるばあさんも笑う。

こういう他愛ないやり取りがずっとなかったから、今の俺がいるんだろう。

死体を押し込めた後、薬に頼って昏倒に近い形で昼寝する。

そして見たいと思って本当に実現するとは期待していなかったが、彼女を見た。

彼女がうどんをすすっていた。一目見て、まず、笑みがこぼれる。

俺の彼女へのイメージは、やっぱりこれか。急に吹き出して、彼女が不思議がる。

これは記憶を振り返っているのではなく、現実の俺が見た場面のようだ。まったく見覚えのないうどん屋に座っているが、他のテーブルの客が背景で動こうとしない。

それだけでこれが夢だと理解する。立体的なようでありながら、奥行きがない。

壁に落書きしたように、彼女も薄っぺらい。

箸を握ったまま、左手で頬杖《ほおづえ》をつく。ほら、動いただろ。

俺も謙虚《けんきょ》というか、勿体ないところで現実的だ。もっと俺の望むような、最高の場面を想起して恍惚《こうこつ》に浸れないものか。一瞬失望するが、見ても虚しくなるだけかと考えを改める。現実に垂らす夢のしずくは、これぐらいが適量の味付けかもしれない。

彼女がうどんをすすりながらなにか言ってくる。断片的に聞き取ったはずのそれも、あっという間に思い出せなくなる。雑踏に紛れてしまうように声が不確かだ。剝がれた線路が渦を巻くように、彼女の声が絞られて消失する。時間が経ちすぎて、頭の中で彼女の声が再現できなくなったらしい。俺ももうすぐ三十だし、物忘れが激しくなってくるころかなぁ。彼女にそう言ったと思うが、それもどこか霞みがかっていた。

外は、昼なのだろうか。木漏れ日にでも包まれているように、『光の影』が俺や彼女を染める。生き物のように肌の上を揺れ動くそれの区別がつかなくなったとき、現実に帰還するのだろう。この目は夢うつつさえも許さないらしい。

彼女の口がまた動く。うどんは箸に引っかけたまま上げっぱなしで、その目は少し険しい。なんとなく、責められているような感じだ。心当たりが多すぎて、どれのことかなと尋ねてしまう。写真を引き裂いてずれるように、彼女との間に溝を感じる。

なぁ、俺たちって幸せになれたと思う？

彼女の死に際を思い返しながら問う。遠くの心の壁に跳ね返って、疑問は己の中から決して出ていこうとしない。俺は欲張りなので、あらゆる困難さえも自分の手で解決しなければ満足感を得られないとでも思っている。貪欲なのだろう。

俺になにかを率先して教える大人はいなかった。幼い頃に死別した両親、引き取った心ない親戚、形ばかりの教育者である学校の先生。俺の問いに向き合う人はいなかった。あらゆる問題と、芽生えるすべての欲求に対して俺は模索《もさく》し、自分なりの答えを出すしかなかった。答え合わせもなく、納得するしかなかった。

今度の問題も、答えてくれる人はここにいない。もう世界のどこにもいない。

半年ぐらいあれば幸せになれただろうか。俺はなれたと思うんだ。

もっと前倒しすればよかったね。

でもそれは、未来を知っているからの結論だ。

いつか食われてしまうという運命を知って、きみならどうする？

抗うか？

……俺だったら。

きみが予期せぬ出来事で死ぬと分かっていたなら。

運命の胃に穴を開けてでも、きみの行く道を変えてみせるだろう。

水中で手足を動かすように、のろまな動きで顎を上下させる。声が出ていないのでどれくらい伝わったか分からない。そもそも、夢の中だから伝わるわけないけれど。

ここに彼女はいないけれど。

答えは自分で出すしかなく、その答えを聞かせることもできないけれど。

それでも、なにか伝わっていればいいとオカルトに祈った。

オカルトとレトルトは言葉の雰囲気が似ている。だからなんだと聞かれても困るが夕飯はレトルトカレーだった。羽澄がスプーンを持ち上げて、『肉入っているだろ』とばかりにその肉の欠片を見せつけてくる。そうねそうねと頷いて、カレーを食した。専門店のカレーよりは、こっちの方が口にあった。

食べ終わった後、準備を終えて火口の屋敷に向かうことにした。

廊下に出ると、羽澄と鉢合《はちあ》わせる。羽澄はばあさんの部屋に行くようだ。振り向いた目が、一緒に来るかと聞いている気がした。だから頭を横に振る。

「用事があってな。それに昼、少し話した」

言うと羽澄は小さく頷いて、右足を引きずりながら奥の部屋へ向かおうとする。

「羽澄」

その離れゆく彼女の名前を呼ぶ。抵抗なく、少女が振り返る。

それだけでも関係は多少進歩したのだろう。きっと、お互いの望む方に。

「お前の望んでることは分かってる。だから必ず帰ってくる」

そう挨拶すると羽澄はびくりと肩を動かす。

その反応を少し面白がって、「無事を祈っておいてくれ」と挨拶して家を出た。

死を恐れることでしか、幸福を確かめることはできない。

こんなことを昔の偉《えら》い人が言ったか言ってないのかさっぱり知らないが、火口、お前は今幸せか？　幸せなんだろうな、だから俺を恐れる。恐れさせてやるぞ。

お前は、不幸になっていい人間だ。

右手がかじかんで動かなくなると困るので、カイロを握りしめている。右足にも服の下にたくさん貼りつけておいた。お陰で首もと以外は寒さを耐えしのいでいる。頭には人相を隠すためのつばの広い帽子。首にはマフラーでも巻いてこようか考えたが、取っ組み合いになって締め上げられても困るので、寒空に晒しておくほかなかった。

首と頭を震わせながら、火口の屋敷の大仰《おおぎょう》な門を見上げていた。電話をかけてきたのと同日なだけあって、表にも巡回する男たちの姿がある。火口に雇われた警備員のようで、それらしき制服に身を包んでいた。持ち場を大きく離れることはないようで、屋敷の塀《へい》に沿うように動いている。時折、身体を震わせていた。金や生活のためとはいえご苦労なことだ。事情は知らされていないだろうから、過剰な防犯に呆れているかもしれない。

双眼鏡を下ろして、手のひらを見つめる。もう包帯は必要ない。手のひらは巨大な豆のような形に膨らんで、俺とこの車いすに順応している。カイロを握りしめると血が通うように熱が伝わってきて、指先が痒くなる。右足も似たようなものだった。

前へ、後ろへと車いすを移動させる。はやる気持ち、緊張、冬の凍え。それぞれから逃れるために、ゆりかごに揺らされるように動く。車輪の音が静かに伸びる。

しゃらしゃらと、雨のような音だった。八時になるまであと十分、しばしその旋律に浸る。今日、人生のすべてが終わるような心地に沈んでいく。それを望む部分があることを否定はしないがしかし、このまま目を瞑って眠るわけにはいかない。

運命は、俺にまだ役目を課している。なにも終わらせはしないのだ。

マナーモードに設定されている携帯電話が懐で震える。やつから借り受けたその電話を耳に添える。借りたはいいがラメ入りピンクのデコレーションはどうなんだ。俺だけでなく、同年代である所有者の女についても、どうなんだと聞きたい。

『わたし』

「俺。準備はいいのか？」

声を潜めて会話する。向こうも身を潜めて隠れているのか小声で掠れていた。

『そっちこそいいの？　あんた、下手すると一緒に死ぬわよ』

「それぐらいやらないと、ハンデを覆せないんで。やっちゃってくれ」

『ま、死んでくれた方がわたしは嬉しいけど。それじゃ、八時キッカリに』

「おぅ」

短く返事して電話を切る。切ってから、「あ」と頭を掻いた。

名前を聞こうと思ったが、最後まで忘れてしまった。携帯電話を返すときにでも聞いてみよう。そのとき、また忘れていなければ。俺の頭にそんな余裕があれば。

数分後に始まる復讐で俺の頭が焼き切れない保証はない。血湧き肉躍《おど》る、とは今のこうした高揚感を例えるときに用いられるのだろう。彼女の顔を思い返す。思い出せるのは死に顔で、夢でも現実でも何度か顔を合わせたことがある。あわせる度に心が弾む。その衝撃でばらけたそれを放っておくと冷えて固まってしまいそうだから、俺はすぐにかき集めて暖めようと手のひらで覆うのだ。

　巡回していた警備員が正門に戻ってくる。元々警備員を雇うことを前提にした作りではないので、勝手口のようなものはない。門から出入りするしかないようだ。裏門を選ばなかったのはこちらの方が彼らの都合にあうからだろう。

　午後八時は巡回がいったん終了して一度、詰め所に戻る時間帯らしい。まだ八時丁度には至っていないが、この寒さで少し早めに切り上げることにしたようだ。

　好都合である。警備員が門を開けて入った直後、車いすを前進させた。

　門の前まで移動して、警備のカメラを上部に発見する。そいつに笑いかけた後、俺は大声で歌い始めた。歌はなんでもよかったので意識していなかったが、気づけばアンパンマンの主題歌を高らかに歌い上げていた。まぁいいやとそのまま歌い続ける。

　中のやつらに気づかれないといけない。そうしなければ、門を開けてもらえない。

　騒ぎを聞きつけて、狙い通りに門から男たちが飛び出してくる。すぐにこの不審人物を捕まえるから問題ないとでも思っているのか、開いた門はそのまま。マヌケ。

「ばー」歌を中断して、「くー」八時丁度を知らせる携帯電話が震えた。「はー」

　出てきた二人の警備員が俺を取り押さえようと手を伸ばす。

　その一瞬に、溜め込んだ息と、右腕を爆発させる。

「つぅぅ！」

宣言し、加速。重力の向かい風に頬を引きつらせて、一気に直進。

車輪が早速、肉体の悲鳴と心からの歓喜をあげた。ゴムの焦げる臭いが沸き立つ。

通り道に火でも噴くような勢いだと笑っていると、本当に真っ赤な火が燃え広がった。

俺の突撃とほぼ同時、示し合わせた午後八時に屋敷へと火が放たれる。

火柱のようなものが幾重《いくえ》も上がり、派手すぎるだろうと目を剝きつつも唇の端が歪んだ。俺の注文に応えるように、火種が次々に投下されていく。その生まれた直後、跳ね飛んでやってくる火の横を迅速《じんそく》に駆け抜けた。

さぁこれで籠城《ろうじょう》するのは無理になった。消火活動も間に合わないほどに派手にやってくれと『放火魔』に頼んでおいたから、家の外に出てくるしか生きる道はない。

そう。あの女は、かつて俺の命を救った放火犯だ。

過去の事件や最新の放火の跡をたどり、傾向を分析して二年間追い続けた結果、二週間前に接触することができた。そして俺がかつてお前に燃やされた、といったこちらの事情を説明すると案外あっさりと協力を了承してくれた。火事現場の生き残りに出会うのはこれが初めてらしいので、多少は良心の呵責を覚えたのかもしれない。

本人曰《いわ》く建物の燃える景色が好きで、人を燃やすのはその副産物に過ぎないらしい。

そんな危ない女の性癖《せいへき》など知ったことじゃないが、専門家の協力は必須だった。

しかしこれは放火どころか爆破に片足突っ込んでいないか。

庭の中央まで走り抜けて火に包まれつつある屋敷を見上げる。俺を追って引き返してきた警備員がその炎に目の色を変えていた。振り向き、どう出るのかを見届ける。

俺を捕まえるのか、消火活動に尽力するのか。警備員も迷ったようだが、手元に消化器や水の入ったバケツがあるわけでもない。まずは俺を取り押さえるつもりらしく、こちらへと駆け寄ってきた。ならば遠慮は不要だな。

肩を摑まれそうになったので鋭く前進して回避する。斜めに引いて方角を調整した後、ペダルを思いっきり踏んで警備員に突進した。片側の警備員に車輪を全力でぶつける。足に乗っかった車輪がその身体を巻き込むように激しい回転を起こして乗り上げて、最後ははね飛ばした。足の折れる感触を残して、吹っ飛んだ警備員が庭の草むらに転がる。すぐにターンして、残る方の警備員へと加速する。

金属の塊の疾走を止められるはずがないと判断したのか、警備員が顔色を変えて逃げ出そうとする。しかし真っ直ぐ走ってもその先には燃え盛る炎があるだけで、救いはないように思う。助言する前にその背中に追いついて、ぼーん、と跳ねた。

腰を押さえて動けなくなった警備員を放置して、燃えゆく屋敷を見上げる。木製だから逆に燃え広がるのが遅い。壁は木炭となりはてて、黒ずんでいくがすぐに倒壊することはない。家が潰れて死んでもらっては困るので、丁度よかった。

使用人らしき中年女性が二階に当たる位置の入り口の扉を開いて飛び出してきた。這々《ほうほう》の体《てい》で一度振り返り、なにかを叫んだ後に走り出す。階段を慌てて駆け下りてくる。この調子で屋敷内の人間がもう少し出てくるまで待つ。ないとは思っているのだが万が一、火口が取り乱すか不慮の出来事によってこちら側から出てこざるを得なくなった場合を想定してまだ動くわけにはいかなかった。

階段を下りてきた女が膝に手をついて息を吐き、火災から逃げ逃れたことに安堵しているところを近寄って速やかに始末する。前屈みの姿勢になって無防備となっている脇腹にナイフを突き立てて、ひねると警備員のように庭に寝転んだ。

違う点は致命傷であることと、炎よりも毒々しい赤色を垂れ流すことか。命の汁が流出する。炎の側にあるからだろうか。いつも以上に色濃く映る。あの日、彼女が暴れながら流した血も同じ色だった。

その後も続けて何人か飛び出してきて、庭へ転がり出てくると決まって似たような位置で一息つこうとするので流れ作業のように刺殺して、転がる死体が増えていく。生え揃った草の上に寝転がる連中は、放牧された羊《ひつじ》が一休みしているようだった。

しかしその中に火口の姿はない。まぁ、そうだろうとは思っていた。

俺が火口ならこいつらと同じ方向には逃げない。俺が正面で待ち構えていると知っているからだ。こいつらはおとり。他の逃げ道で離れるなら裏門を目指すか、或いは。

やつを見つけ出すためには屋敷の中へ飛び込む必要があった。可能なら屋敷の中で始末し終えたい。ここで仕留めなければ次の機会はまず訪れない。籠《かご》の中の鳥を殺したいと思ったなら、籠の外に出して殺すより閉じ込めたまま始末する方がたやすい。

携帯電話を取り出して事前に文面を作成しておいたメールを送信する。内容は『余裕ができたら家の表側を見張ってくれ』。どれくらい足しになるか分からないが送信し終えて、死体と呻《うめ》くけが人を放置して屋敷の壁沿いに走り出す。裏口まで回り込むつもりだった。屋敷の正面を睨みつけて横切り、側面へと駆ける。手のひらと車いすは火災の熱が伝搬《でんぱん》したように燃え盛っている。互いに溶け合って一つの部品になったように滑らかに馴染《なじ》み、俺の望む速度を実現させていた。

回り込む途中、面白いものを発見する。使用人らしき連中が数人、壁際に集ってなにかしらの作業を行っていた。比較的、火の回っていない左側の壁沿いにある三階の窓からロープが下りて、そこから降りてくる男の到着を待って待機しているようだ。

火口が窓に足をかけて、ロープを伝おうとしていた。忘れようのない偉丈夫、大男が手足を縮こまらせてそろそろとロープを摑もうとする様が狂ったように、苛立つ。階段を上れないことを知っているから、ぎりぎりまで三階にいてそこから逃げだそうというわけだ。どこまでも小賢《こざか》しい。下の使用人共のもとへ一気に距離を詰める。

俺の接近に気づいた使用人が振り向いた直後、その土手っ腹に全体重を込めたナイフが突き立てられる。死体になったか知らんその肉塊を車いすの前面ではね飛ばし、別の使用人にぶち当てる。壁に頭を叩きつけて倒れ込む使用人二人に足下を取られて転倒しそうになりながらも、同じく壁で側頭部を削りながらそれを回避する。摩擦《まさつ》で耳がちぎれたかと思うほど痛む。我慢せずに叫んでターンすると、残っていた三人目の使用人は壁際で怯えてすくんでいた。腰を引いて、後頭部を壁で打っている。火と共に訪れた謎の車いす男。事前に知らせてなければさぞ、驚いただろう。

この使用人に恨みはない。しかし火口に関わっているなら殺されて当然で、同情の余地は一片もない。苦もなく三人目を仕留めて、ロープの側で車いすを停止させる。

火口もすぐに下の惨状に、俺の乱入に気づく。その顔色には少なからず焦《あせ》りが浮かび、同時に口もとが忌《い》ま忌ましさを堪えるように震えているのが見て取れた。

にぃっと、窓から身を乗り出している火口に笑いかける。下りてきて、いいんだぞ。受け止めてやるから。お前の命と血を、すべて、吐き出してしまえ。

火口はすぐにロープで下るのを中止して、屋敷内へ引っ込む。

それを確認してから数秒後、こちらも裏口を目指して走り出す。俺が去ったのを確認してからこのロープでまた下りようとする。そんな駆け引きの打てる場面ではないだろう。なにしろ、時間が経つほどに火が回って退路を失う。同じく、行ったと思った俺が引き返してくる可能性も踏まえて、そんなコントで遊んでいられまい。

一気に屋敷を壁沿いに回る。正門は階段を使わないと入り込めないが、裏門にはそうした上下の移動がない。だから一階までなら火を放つ必要もなく入り込めるが、俺の図体《ずうたい》で潜入なんてできるはずもない。更に三階へ上がることができないのだから、結局、この作戦しかなかった。自らが燃え尽きる危険を含めて、突入するしかない。

物資搬入用の裏口から逃れようとしていた数人を見かけたが刺し殺す時間も惜しい。速度を緩めてそいつらが裏口から離れるのを見届けて、すぐに再加速。入れ違いに屋敷へと飛び込む。既に入り口付近も炎で侵食されて、火の輪をくぐり抜ける行為に近い。駆け抜けると髪や肌の焦げる臭いが混じって鼻をついた。

木製の家の方が倒壊はしづらいと聞くが、いつまで保つか怪しかった。

自身の命の灯火《ともしび》をそこかしこに映されたような心境で、火だるまの廊下を突き進む。格式高い調度品や真っ赤な絨毯が次々に燃えては原型を失っていく。途中の壁がいきなり火を噴いて、慌てて反対の壁際へ避難する。火口の名に相応しい屋敷へと変貌《へんぼう》しつつあった。あのとき俺を追い詰めた炎が、今は、共に道を歩む。

炎には複雑な想いがある。俺の命を救った、生命の息吹を感じさせる火の大群。俺のすべてを奪おうと燃え広がった、命をさらうもの。

憎しみと慈悲の間を、酸素を吸い尽くすように燃えながら揺れる。

その向こうに、半ば無意識に彼女の姿を探そうとしていた。

大広間を経由して、歪曲《わいきょく》する階段の下に続く廊下へ入る。その廊下の先に、恐らくは家の中枢《ちゅうすう》へ向かっているのであろう火口の後ろ姿を発見した。同伴している中年の女はやつの妻だろう。狂喜するが同時に、その脇を固める頑健《がんけん》な印象の男たちの存在も把握する。屈強な護衛というところか。俺の車いすで衝突してもその肉体を破壊しきれるかは未知数だ。

やつらが振り向けば目視される距離。隠れるか、一気に行くか。左右を見渡して、燃え移っていく火に煽られて頬が歪む。お互い、隠れる余裕はないのだ。生きるために走っている。殺すために走っている。その歩みを止めるなと、炎がはためいた。

ぎゃりぎゃりぎゃり、ぎゃりぎゃりぎゃり。床の絨毯を巻き込むように、激しい音を立てて車輪を一気に回す。口でもぎゃりぎゃりと呟いてしまう。酸素の薄い屋敷で口を開いて声を出す度、脳が真っ白になっていく錯覚《さっかく》を味わう。程良い酸欠が心地良い。

絨毯と、ものの燃える音で消音効果が働いていたが小心者の火口が振り向いたことで俺の存在に気づく。血相を変えて、急げと叫ぶのが聞こえた。振り向きそうになる妻の手を強引に引いて、中庭のある方角へとひた走る。

恐らく庭を経由して出られる、別の出入り口へ向かうのだろう。

火口は走り続けるが、右脇の男が足を止める。俺を足止めするつもりらしい。いくらで雇われているか知らないが、表向きは忠義《ちゅうぎ》にあふれた男だ。それとも、車いすの男一人なら簡単に片づけられるとでも思ったか？　でも侮るよなぁ、普通は。

廊下は決して広いものではない。俺が自由に立ち回れるほどではなくて、かといって男と正面から戦ったところで勝ち目はない。更に言えば時間が惜しいこともあり、それならば答えは一つ。

俺にできる最大の攻撃方法、体当たりしかない。問題は、頑健な男の肉体。

止められても、持ち上げて転がされても終わりだ。相手は自転車どころか、束になれば自動車さえ阻みそうな肩幅と体格を有している。俺自身ずっと身体を鍛えていたから、そういうのは服の上からでも見て取れるようになっていた。

車いすを停止させる。壁に寄った位置で止まるが、男は当然ながら止まらない。そりゃそうだろう、こんなところで時間を取って倒壊に巻き込まれたくはない。そいつは俺だって一緒だった。

だから手っ取り早く、済ませる。

右腕で、左腕を持ち上げる。長袖《ながそで》をまくり上げる。

それから窮屈な姿勢だが腰をひねり、壁に腕を叩きつけた。

燃え盛る炎にまみれた壁に、左腕が浸る。

男が思わず仰け反る。今度は逆に、俺が男へ向けて突進を開始した。

炎を宿す左腕を前面に押し出しながら、ペダルを踏み続ける。

悪いな、こっちは燃えても問題ないんだ。熱くも、痛くもない。

こちらが感じる心の痛みは、復讐から遠ざかることへの哀切《あいせつ》ぐらいだ。

怯んだ男に車いすが、そして左腕が激突する。男は咄嗟に身をかばうようにしながら俺との衝突に対応した。頑強《がんきょう》たる足下や胴体は後退しながらもその衝撃を殺して受け止めきる。逆にこちらに凄まじい反動が来て息が詰まるほどで、大したものだった。

しかしいくら体当たりの衝撃は防ぎきっても、火が燃え移ることは防げない。肉体の強弱など無関係に服の端に盛った火の種が開花していく。男は俺の顔面を殴り飛ばして、大げさに距離を取る。石で殴られたかと思うほど頭が揺れて、横の歯で舌を深く切る。吐き出した血は固形物が混じっているように重い音を立てて絨毯に着弾した。派手に燃え移した炎が男の服に瞬く間に広がっていく。男はまず上着を脱ぎ捨てようとしたが俺の存在を意識して、行動の自由を失うことをためらう。男がそうして躊躇している間にもこちらは動く。方向を修正して、めいっぱい、車輪を回転させる。

火のついている男を無視して、火口の方へ。全力で駆け出す。

横をすり抜ける際、男が呆気《あっけ》にとられた顔となっていた。けど、当然だろう。俺は別に格闘漫画《かくとうまんが》の主人公じゃないのだから、律儀《りちぎ》に全員を相手にする気などない。こんなやつを殺している暇はない。床を転がって火でも消していろ。

加速する。誰も追いつけないほど、どんなやつにも追いつけるほど。

速度が増す度、左腕に残っていた炎の切れ端が軌跡《きせき》に舞い散り、かき消えていく。火の切片が俺の頬を焼く。

あの大男が追いかけてくる様子はない。火が一気に回ってきて、雇い主を追いかける余裕がなくなってきたのだろう。そういう意味でも、やつを無視して追いかけてきたのは正解だった。俺自身、屋敷と共に朽《く》ちるわけにはいかなかった。

煙がそこかしこから生まれて包みだした廊下を一直線に駆け抜ける。そうして俺が通過した後に角から慌てて飛び出してくるやつがいた。

「あ?」

反転して振り向くと、火口の連れていたもう一人の男がいた。どうやら死角で待ち伏せていたはいいが、俺が速度を出しすぎて出遅れたようだ。バカかこいつ。

非常に格好悪く出てきて相対する男は、先程のやつより細長い。口もとを布で覆い、身を低くしている。煙に巻かれることを恐れてらしい。小学校での教え通りに振る舞っているので大変優秀だ。というわけでこいつも無視して火口を追いかけることにした。男が待てとか叫んでいるが、出遅れたお前が悪い。

だがそのまま男が駆けてくるのを感じる。声も聞こえるし確実に後ろにいるようだ。こっちの方は距離もまだ遠くないからか追いかけてくるらしい。

前後の挟み撃ちに遭っても、愉快《ゆかい》じゃねえな。

男が待てともう一度、鋭く叫ぶ。

分かったよ、うるせぇな。

急ブレーキをかける。急激に向き直り、急速に突撃する。相手の確認など一切せずに引き返して、正面から走り込んでくる男と正面衝突を図った。お前が追ってきたんだから恨むなよと、首を引っ込めて衝撃に構える。そして、目の前に光が走った。

頭と男の腹がぶつかりあって、男の身体がくの字に折れる。ドッジボール漫画で受け止めようとして吹き飛ぶやつと同じ飛び方をしていた。派手に吹っ飛んで、床を五、六回ほど転がる。こちらも首を痛めたのか、少しの間、頭を上げられなかった。

首筋の痛みが治まるまで大人しくして、床を見下ろしていると、ふと気づく。

「あぁ、こいつ……」

あのとき、俺を殴ったやつだ。思い出したので記念に刺し殺しておいた。

因縁の対決を手早く片づけて、首の痛みが治まる前に車いすの向きだけ変える。

息を潜めるように吸い込む。煙を無視して、ゆっくり、溜め込む。

思い出せ。

何年も前、悪夢のような光景、痛み、焼け焦げる目の前。

死にたくないと歯を食いしばったことを。

殺してやると、目覚めた瞬間に芽生えたものを。

全部、ここに吐き出そう。

首を伸ばす。正面を向き、炎の向こうの光へと走り出した。

この目があってよかった。煙の向こうさえ、煌々と見渡せる。こいつがあるからどこへ向かおうとも迷わないで済む。この目が、俺の肉体の導き出した答えなんだろう。

心は、それに応えようと思う。

駆け抜けて、廊下を抜けた先には炎の庭があった。

建物の壁にまとわりつく蔦が燃えて炭となり、吹き抜けの空に火の粉が舞い上がる。

狭い感覚で植え付けられた樹木が根っこから燃えて街灯のように庭を煌めかせていた。

その中庭の中央、木々でアーチをこさえた通り道に、やつの背中を再び見る。

距離を詰める度、車輪の音が鼓動のように激しく増していく。

その旋律が、お前の仲間たちを葬ってきた。

やつが気づく。やつが振り向く。確かなる恐怖の音色に怯えて。

「よかったなぁ、火葬の手間が省ける。……あのときみたいにさぁ」

自分でも、こんなに嬉しそうな声を出したのは初めてじゃないかと思うほどだった。

火口が足を止めて息を呑む。妻の方も、夫と俺の両方を窺って顔色を失っている。

逃げ切れないと悟ったのか、火口が懐から拳銃《けんじゅう》を抜き出して構える。それに隣の妻が目を剝いて驚く。

「お前も、炎にいい思い出はないだろう？」

ナイフを構えながら火口に問う。一歩間違えればこいつらも焼死していたわけだからな。火口は銃口を俺に向けて、返事の代わりに発砲してきた。弾丸の反動で火口が仰け反り、腕も跳ね上がった。撃つ経験はほとんどないらしく、俺に弾が当たることはない。妻は弾丸の発射音をすぐ横で聞いたことで、耳を塞いでいた。

そっちがその気ならと感慨に浸るのも飛ばして、一気に距離を詰める。火口がもう一度発砲したがどこにも痛みはない。しかし妙に鈍い衝撃はあり、身体が回転して傾きそうになる。ひょっとすると左側のどこかに当たったか掠めでもしたかもしれない。

惜しかったなぁ。右側を貫いたなら、生き残れたのに。

姿勢を維持することを放棄して、倒れそうになったまま詰め寄る。

勢いそのままにナイフを突き出した。

火口の喉元を狙い、突き上げたそれが肉を貫通する。

その手応えは、確かにあった。

だが血を流したのは、目の色を失ったのは、火口じゃない。

火口は妻を引き寄せて盾《たて》に使い、刃を防いだのだ。

妻の胸部にめり込むナイフ。むりむりと、肉を裂く感触。そんなもん堪能している暇はない。慌てて引き抜いた直後、火口が妻を押しのけて現れる。その動作の中で火口が振り回した腕に、強く顔面を打ち据えられる。拳銃の持ち手が直撃したこともあり、目の前に火花が散った。車いすが横に滑り、そのまま一緒に倒れ込む。

横倒しになって、地面に側頭部を打ちつける。目を回して、起き上がるのも一苦労なのにと舌打ちしながら、右手で上半身を起こす。直後、拳銃が突きつけられた。

拳銃を構えた火口の目が勝ち誇る。車いすから投げ出されて、座った姿勢のまま動けない俺を見下ろして、距離を詰める。火口の妻が呻いていても、無視してこちらへ。

こんな熱さの中でも、背筋の凍る思いに応じて冷たい汗が流れていく。

逆恨みでも募っているのか、火口の目が狂喜にぎらつく。

事実、俺に打てる手はほぼない。足の側に転がるナイフを手で拾うこともできないぐらい、俺は無力なのだ。火口もそれが分かっているからこそ、一握りの余裕を持つ。

しかし。

「意味はあるのか、と思うときもあった」

ぽつりと、呟く。右足の指先を見つめながら。

火口は復讐のことかと思ったのか嘲笑《ちょうしょう》を浮かべている。懺悔《ざんげ》とでも判断したらしい。

「だけどなにがあろうと、止めようとは思わなかった」

車いすも。

復讐も。

そして延々、ムダとしか思えないような努力を。

俺の二年半が、ようやく卵の殻《から》を割ろうとしている。

無駄話《むだばなし》の余裕はないとばかりに、火口が拳銃の引き金を引こうとする。俺はフッと意識と肩の力を抜くように楽にして身体に問う。お前は、今までなにをやってきた？生き残るためと、殺すために。どんな過程を積み重ねてきた？試験のとき、最後の問題がここにある。

答えを、眼前に突き出して見せろ。

そして。

銃声と同時に、大量の出血が中庭へと降りかかった。

ばたばたと、魂の抜けるような音が聞こえる。足の先に降り注いでいた重しが形を失い、心には小さな隙間《すきま》が生まれる。その隙間を、熱風が吹いて塵《ちり》をさらっていった。

人の血はどれもこれも真っ赤で。それを、今もこうして実感する。

その血を詳細《しようさい》に見ることになったのは俺。

つまり、流れる血は火口のものだ。

「か、か、か」と血の泡が口の端にぶくぶく溢れる。火口には自身の負傷と、その身になにが起きたのか理解できていないらしい。異物の一つも感じないものだろうか。痛がっていないまま、不思議そうな顔で倒れ込んで、泡を噴いている。

しかし、なにも難しいことなどない。奇跡が起きたわけでもない。

なんのことはない、喉にナイフが刺さっただけである。

俺の投げたナイフがやつの急所を貫いただけだ。当然、手は間に合わない。

だから、足だ。

投げたのだ、足で。ナイフを、やつの喉めがけて。

足の指にナイフを挟んで投げる練習を、この二年間繰り返してきた。

右手が車いすの操作で塞がってでも、お前たちを殺すために。ばあさんから車いすを与えられて融通が利くようになって尚、一日たりとも欠かしてこなかった。

その成果がこれだ、と真っ直ぐ伸びた右足を強く主張する。膝より高くは決してあがらない足の先。歪んで爪が醜《みにく》く食い込むほど力を込めて。最初は投げるどころかナイフを持ち上げることすらできなかった。いつまで、どこまで継続すればなにかの足しになるのだと、忘れていた暗黒を見るような心持ちにもなった。

その不毛が、俺を最後に後押しした。

火口が目を剝いたまま動かなくなる。潰れた虫のような姿勢で、絶命する。

見つめていると息が荒くなり、気が空高く昇天《しょうてん》してしまいそうだった。

死んだ。

火口を、殺した。

最後の一人まで、殺しきった。

「あ、ひ……ひひっ、ぃひひ、ぃぃぃぃぃぃい」

顔を右手のひらで覆って、感情にまかせた泣き方で去来《きょらい》するものを消化していく。

だけどそれもほんの少しだけ。

殺した余韻《よいん》に浸る暇はない。それは後で、外の風を感じながらでいい。

今そんなことしていたら酸欠と疲労で気絶するに決まっていた。

「脱出、しないと……っ」

まだ焼け死ぬわけにいかない。倒れた車いすを戻して、乗って、走らないと。できるのか、一人で。間に合うのか。感情で腹いっぱいの身体を引きずって動かす。右手と右足に重心と体重を預けて、生まれたての鹿《しか》みたいに頼りない歩き方だ。

「アフターケア、は、期待できないな」

派手に燃え盛る炎に囲まれながら苦笑する。鼻から垂れる汗がすぐに蒸発しそうなほど、冬に似つかわしくない熱気に肌を覆われている。けど、きっと、大丈夫。

死にゆくとき、人はなにを考えて、なにを感じるのか。

俺はそれがまだこれっぽっちも分からないし、実感湧かない。

つまり俺はここで死なない運命なんだ。……そういうことだろう、間違いなく。

這いずるように車いすの元へ寄り、お互いに焼け死ぬ前にまた元の鞘《さや》に戻ろうと説得する。右腕だけで車いすの姿勢を直して、あとは座るだけ。シートに手を乗せて、必死に身体を持ち上げる。尻に火がつくとはまさにこのことで、比喩じゃない。息が上がり、涙をにじませて炎から逃れようと、車いすにすがる。生き残りたい一心で身体の意思が満場一致したのか、普段よりも身体を軽く感じた。

車いすに座り直す。フレームを撫でて、ペダルを踏む。

「うん」

やっぱり、ここが、この高さが一番落ち着く。

携帯電話を用意する。なくすことも、壊すこともなかったようだ。俺にも運が残っているかもしれないと、電話する。一応、その途中に神様に祈っておいた。

『はいわたし』

「よう。繋がるとは、期待してなかった」

『こっちも驚いたわよ、電話する余裕があるなんて』

「ないから電話したんだ」

降りかかろうとする火の粉から身を引く。

「火の手が比較的回っていない出入り口を教えてくれ」

あったらの話だが。すぐに女からの答えが返ってくる。

『正面の出入り口が一番少ないみたいよ。中の連中もそこから逃げてきたし』

「分かった、正面だな」

貴重な情報をありがとうと、電話を切る。

さて、どうしようかな。

あの女としては放火魔《ほうかま》の正体を知る俺が生きていると都合が悪い。だから嘘を教えた可能性が非常に高いのだ。正面の出入り口はやつが念入りに火を追加して炎の海となっていてもおかしくない。放火魔の炎情報を信用するか、否か。

「……よしっ」

車いすを移動させる。炎を蹴り飛ばすように、前転する車輪ではねのけながら中庭より脱する。そして大広間の方へ向かう。そこから、真っ直ぐ走ればいい。

正面の入り口へ向かうことにした。信じた理由はない。別段、信じていないからだ。ただ屋敷を正面から見上げていたとき、面白そうだと思ったことがあったからだ。

倒れた調度品に道を遮られて思ったように進めないながらも、階段の下を通って大広間へ戻ってくる。先程まではまだ通ることのできた広間も炎が社交ダンスを踊っていた。その舞踏《ぶとう》の隙間をぬって、砕けたガラスやシャンデリアを踏み越えて進む。

正面へとひた走り、光を求める。炎ではなく、夜の光を。あの日のように、外へ。

開け放たれた入り口の扉から飛び出す。通り抜けられないほどの炎はそこにない。

正解の道を選べたことに、頬がひきつる。

そして左右の階段など無視して、疾走。

壁にぶつかる刹那《せつな》、車輪を持ち上げて飛翔《ひしょう》する。

飛んだ。

そびえる壁を飛び越えて、宙《ちゅう》へと放たれる車いす。

頭の中には自転車で飛ぶ宇宙人のテーマ曲。

重力と意識と恐怖を炎の向こうに追いやって。

どこまでも飛べそうな気がした。

まぁ無理だったけど。

そのまま死体と炎を飛び越えて、庭へと落下した。

急速に迫る地面に叩きつけられて、車いすと共に派手に転倒する。投げ出された身体が草の上を転がって、最後はうつぶせで止まる。右半身だけが裂けるように痛い。

「いってぇ……いでぇ。いだい、いたい」

それでも鼻先をこする土の匂いをめいっぱい嗅いで、自然、笑ってしまう。

死体と一緒に転がっていると放火魔の女が近寄ってきた。

倒れた車いすを直してくれる。ついでに肩まで貸してくれた。助けられて車いすに座り、「どーも」と礼を述べる。女は「よく飛べるわね」と腰に手を当てて呆れた。

「意外と嘘はつかないんだな。泥棒《どろぼう》じゃないからか？」

「電話が燃えると困るもの」

「あぁなるほど」

その電話を返却《へんきやく》する。表面を手で撫でて汚れを拭き取るようにしてから、女が電話をしまう。その後は腕を組んで、屋敷を見上げながら尋ねてきた。

「殺してきたの？」

「ああ」

短く返事して、倒壊の始まった屋敷を見上げる。この炎の塊から俺は抜け出て、そしてあの日から復讐が始まった。燃え移った炎をやつらへ伝搬させるように。

そうか、俺は炎の化身だったのか。意味が分からん。

「おっと、救急車だ」

近づきつつあるサイレンが聞こえてくる。

「長居しすぎたわね」

そう言いつつも女は手慣れた印象を受ける。燃えゆく建物を眺めるために放火しているのだから、普段もこうしてぎりぎりまで観賞しているのだろう。とはいえ限界らしく、女が屋敷の裏側へと移動し始める。俺もその後に続いてその場を離れた。

敷地から出て道路に出たところで、放火魔とは別れることにした。

「お互い、捕まっても相手のことは言わない方向で」

「分かってるわよ。……あーその、あれよ。燃やして悪かったわね」

去り際、放火魔がぶっきらぼうに謝ってきた。それだけ言って、こちらの顔や反応も見ずに早足で離れて行ってしまう。

やはり多少、引け目があったようだ。今まで散々燃やしておいて、変なやつ。

正直に教えて俺を助けたのも、そうした良心への救済を兼ねていたのかもしれない。

なんにせよ、色んな意味で世話になった。そしてできれば、二度と会いたくない。

いや、もうそんな機会はないはずだ。なにしろ、もう。

もう、なにも。

一人になって、少し前へ進んで。燃料が切れたように、停止する。

止まった途端、今までの熱を忘れて寒気に包まれる。

「……だいたい、終わった」

これで一区切りついた。終わった。俺に残るものはあと一つとなる。

あぁそれでも。死ぬ思いで果たしても。尽きぬもの、やるせぬものはあって。

復讐はなにかを生む行いではなく、清算のためにあるだと、分かっていても。願うことはあるし取り戻せるならと思うことは消えない。後悔も山ほどあって。

なぜ先に殺せなかったのだと。自分を責める心は潰えず。

なぜあんなやつらにと。悔し涙が流れて、夜風に凍りつく。晴れない。俺の見ている偽りの明瞭が罰を与え続けて、本当の夜明けも、夜明けのための夜も未だ遠い。

車いすに寄りかかり、手入れの怠《おこた》ったフレームが軋む。ばらばらに、俺ごと砕け散りそうだった。車輪の悲鳴が聞こえる。それが俺の奏でられる旋律だった。

彼女は、彼女は、彼女は、彼女は、彼女は。

彼女は、彼女は、彼女は。

彼女は、

「俺が食おうと、思っていたのに」

エンドロール　『悲劇と復讐の始まりと終わり』

「きみは、好きなものは先に食べる方かな？　それとも、最後かね」

一人の若者に問う。茫然自失《ぼうぜんじしつ》といった表現の似合う若者の顔に血と同時に絶望も通う。呼吸が乱れて噎せて、そのまま放っておくと顔色がすぐ青くなった。質問に答えは返ってこないが、辛抱《しんぼう》強く待つことにする。今更、少し待つことは苦痛ではない。

あちらで彼女が食い尽くされていくのが気になるのだろう。といっても大半は食われて、残るのは嚙みきれない太い骨が大半だが。脳もスプーンですくっては食われて、死んでいるのは間違いない。俺はここで腹いっぱいにするわけにいかないのでほどほどで切り上げ、食い散らかす様子を見守る。がっつくネズミのようだな、こいつらは。もう少し丁寧に、分別を持って食べられないかと思うが人を食う機会などそうそう巡ってこない。提供されてつい自制が利かなくなる気持ち、分からんでもない。

俺自身、昂《たか》ぶるものがあった。しかしそれは手のひらで包めば簡単に消えてしまいそうな仄《ほの》かな火に過ぎない。この何十年と燃やし尽くし、既に俺は心身共に終わりを迎えようとしている。あれだけ鍛えた身体も今や、平等に衰えていた。

「若いって、いいねぇ」

真摯にそう羨んだ。それからあの老婆を思い出し、懐かしくて微笑んでしまう。もうババアと呼ぶこともできないな。

「俺はね、最後においしいものを食べるのが好きなんだ」

最初の問いに対し、自らの答えを明かす。それは同時に懺悔のようでもあった。そんな癖がなければ復讐に身を投じることもなく、平穏に、滞《とどこお》りなく。

彼女が、食えたというのに。

「きみは拓也君だったね。いやぁ奇遇なことに、俺もタクヤなんだよ」

白々しくもそんなことを言って笑ってみる。床に寝転ぶ彼は、風間拓也は俺がなにを言いたいのかまるで分かっていないようだ。ま、それどころではないのかもしれない。彼の立場からすればそりゃそうだろう、と大いに理解を示す。

目の前で大切なものが消えていく。

その悔しさは俺もよく知っていた。

「俺はダンタクヤという。聞き覚えは、ないかな」

「世代が違うから反応してくれないでしょう」

仲間の一人が茶々を入れてくる。シッと、追い払うように手を振ったら冗談交じりに首を引っ込めた。やつらは黙って『前菜』を食い散らかしていればいい。

「きみのお父さんたちにはそう名乗っておいたんだが。聞く機会もなかったか」

前菜の残った骨が片づけられるのを見計らい、話しかけてみる。

風間拓也の興味を引きそうな単語を使ってみたが、効果があったようだ。

「りょう、しん？」

風間拓也がようやく反応を示す。少しは冷静になったようだな。

それとも現実を直視できず、機械的に反応しているだけか。

これからもう少し経つと運命の理不尽さに怒りが滾《たぎ》るようになる。

その機会が風間拓也に訪れることはないだろうけど。

「俺はきみの両親が生まれる場面に立ち会った。その後、育てたのも俺だ」

そして引き合わせて、風間拓也を生ませたのも。

お前は望まれて生まれてきた。何十年も、俺に切望され続けて。

その祝福が今こうして形となる。なんて幸せなんだろうか。

「きみやお父さんたちはなにも知らずに育った。『家畜』なんだよねぇ、きみたち」

だから、俺に食われるのも当然の流れなんだよ。

風間拓也の顔面が唇も含めて青紫《あおむらさき》へと変貌していく。俺の目を覗いて、びくりびくりと怯えている。最近は皮がたるんでしょぼくれていたが、目だけは現役のようだ。

「きみは本当に両親にそっくりだ。そうとしか見えない」

俺には、豚とその子供の成長した姿に見分けがつかないからな。

にこりと微笑みながら、昔話を語る。

忘れようがない、あの赤色と痛みを。

「何十年も前、俺はきみのお祖父さんたちに殺されるところだったんだよ」


俺の異常性を彼女が、ひいてはそれを取り巻く親戚連中がどう察したかは分からない。細心の注意を払ってひた隠し、仮面をかぶり続けていた俺の目的が見抜かれて、まぁ大方『過去』を知られてしまったからなんだろうが、夏のある日に制裁を加えられることとなった。場所は、知らないやつの家だった。

彼女に誘われて行ってみたら、まず背後から殴られた。火口の屋敷で殺したあの男だ。そして意識が朦朧《もうろう》としたまま連れられていくと、例の四人がいた。後で調べる際に判明したが彼女の親戚だったらしい。車いすのやつは彼女の祖父でもあった。しかもきわどい職業に属していたやつや社会的なステータスを持ったやつが多く、それは彼女を深く調べなかった俺の迂闊《うかつ》と言える。

そこに集った中で一般人と呼べるのは水川という男ぐらいで、ようするに、俺をどれだけ痛めつけても社会に対してなんとでもなるような連中だったのだ。そして美人に育った彼女はその親戚筋に大層かわいがられていて、そんな彼女を『食おう』なんて考えで近づいた俺を見逃すわけにはいかない。そんな流れで、俺は傷つけられた。

許してください、止めてくださいと建前だけ謝り続けてもやつらは容赦しなかった。謝り方に誠意がなかったのは認めるところだが仕方ないだろう、目の前にご馳走《ちそう》が釣り下げられていて我慢できるほど、俺は『人間』やっていないのだ。

そのせいでいつまでも殴られて、蹴り飛ばされて、鼻が何度右から左へへし折れたか数えられないほどだった。歯だけは必死になって守ったが、室内の暑さも段々と分からなくなるほどで、目も腫《は》れて前が見えなくなってきていた。

そこまで来ると彼女が俺を不憫《ふびん》に思ったのか、まだなにもされていないし、本当か分からないし云々《うんぬん》と言い出した。実際、俺は彼女を食おうと思っていたのでそうした擁護《ようご》は的外《まとはず》れだった。だがこのまま黙っていれば殺されずには済むかもしれない、と思う程度には生き地獄の痛みを味わっていて、演技ではなく本当に血反吐が飛び出た。

助かるかもしれない、という一縷《いちる》の望みに希望を持つ一方で、彼女から引き離されれば俺の夢も遠のくことに恐怖する。彼女自身は頭の中が少々お花畑な女で危機意識が弱いが、周りの連中が許しはしないだろう。どうすることもできない。

命も、夢も。一緒に殺されようとしていた。

打ちのめされて、まるで身体の動かない俺にはことの成り行きを見ているしかなかった。微かな反抗も許されず、蟬の鳴き声を頭の上に聞くようなだけの時間。道路の上でひからびるのを待つミミズのような心境だった。

しかしそうして殺される寸前、状況は一変する。

そう、家屋に火を放ったアホがいたのだ。

真夏の放火魔が投じた火災によって、あいつらも平常ではいられなくなった。その火災自体に気づくのが遅れて、火はすっかりと燃え広がっていたのだ。火の粉が部屋に散る段階でようやく異変に気づいて、やつらは俺を放置して逃げ出した。

彼女も例外ではなかった。俺は命がけで助けるほどの相手ではなかったというわけだ。だが彼女はその判断によって、逆に追い詰められることになってしまう。

火が燃え移り倒壊していく壁と床の間に挟まれて、彼女が絶叫する。熱い熱いと悶《もだ》え苦しみ、助けてと悲鳴を上げた。タンパク質の焦げる臭いが漂い出す。

あいつらもいったんは足を止めて振り返った。だがやつらは自身の命と立場を優先して、彼女の救出に戻ってはこなかった。

そして俺も彼女を見捨てて、逃げ出したのだ。

彼女を放っておきたくなかった。

持って帰り、食べ尽くしたいという欲求に応えることができない悔しさに涙を流しながら、焼け焦げて死にゆくその身体を放置するしかなかったのだ。俺はそれを終生、後悔することになると分かりながらもその場では生きることを選んだ。主に顔が痛かったせいで。痛みは願いを根源から覆す。人は苦痛から逃れたいと望みながら苦難の中で生きる、矛盾《むじゅん》した生き物なのだ。

そうして這々の体で家の中を逃げ惑い、左半身を潰されながらも生き残った。

俺も彼女と同様に壁に潰されながらも、その向こう側が庭であったことで、光の差す方へと這って逃げ延びた。神や運命が正しいものの味方であるかなど知らんが、さすがにあそこまで殴り倒されたので多少は同情してくれたのかもしれない。

あいつらに見つからないよう家の裏手側へ逃れて、遠くの病院へ歩いた。そのときはまだ左足も動いていたと思う。いや既におかしくなっていたのを無理に動かして結果、治りようがなくなったのかもしれない。とにかく無我夢中に、現場から離れた。

やつらに、俺が生き延びたことを悟られないために。

そのときから既に、俺はやつらに復讐することを心に決めていた。

俺がやつらに復讐する理由は、この世でもっとも単純なもの。

食い物の恨みは、恐ろしい。


「あいつらが、あんなとき、あんなことしなけりゃあ彼女はムダに死ななかった」

そして俺はあの連中への復讐を誓った。俺の夢を奪ったやつらを許すわけにいかない。いつもは彼女に向けて垂らしていたよだれを、涙に変えてしまったことは許しがたかった。夢を変質させた報いに、やつらの夢も摘《つ》み取るべく行動したというわけだ。

以上が、俺をここに至らせた根源の動機だった。シンプルではある。

だが一枚岩《いちまいいわ》故に砕くのは容易ではない。事実、最後まで俺を止めるものは現れない。

終わりまであと二歩というところまで来てもだ。

風間拓也は話を半分も聞いていたか怪しいが、虚ろな調子で俺に尋ねる。

「おれの、りょうしん、は」

「殺したよ。きみが生まれてある程度育つまで生かしておけば、後は必要ないからね。やつらの血を引いている以上、野放しにしておく理由はなかった」

風間拓也が生まれてくるまでの養分、飼料に過ぎない。その役目を果たしたなら、最後に残る使い道は食料だけだった。やつらの血は根こそぎ、俺に収めねばならない。

「水川の娘と、土方の息子が子供を産んだ。そして火口の娘と風間が俺の予定通りに子供を作って、その二匹の子供をかけあわせて生まれたのが風間拓也くん、きみだ」

あいつらの四つの血を統合したもの。風間拓也。

その肉をどうしても食らってみたかった。それが、俺の新しい夢だったのだ。

「両親を引き合わせた人、って」

風間拓也が震えながらも呟く。おや、そういう風に俺を話していたのか。

「間違ってはいないね。そしてきみが生まれたのだから万々歳《ばんばんざい》じゃないか」

そこまで話して、風間拓也から離れる。正確には手前の男とテーブルに近づく。

「楽しみですねぇ。さ、そろそろ……」

「ほんとにね」

話しながらテーブルに載った肉切り包丁を手に取る。

「ご隠居？」

手前にいる男が俺の不可解な様子に眉根《まゆね》を寄せる。だから、誰が隠居した。

俺はまだ現役であることをこれから証明してやろう。

「昔取った杵柄《きねづか》……うまくいくかな、はてさて」

最近、鍛えていないからな。鍛えようがない歳ではあるのだが。

ずっしりと重い肉切り包丁を構えてまず、手前にいた男の首を跳ねるのを試みた。不意打ちで無防備な箇所を狙ったにもかかわらず、刃が中途半端なところまでしか切断できずに食い込んでしまう。その男の目が驚愕に見開かれながら俺へと向き、視線がかち合う。そうなるとつい、勝ち誇るように唇が歪んでしまう。その直後、右足で椅子の脚を蹴りながら刃を首もとより引っこ抜くと鮮やかなアーチを描いて鮮血がほとばしり、男が倒れる。反動で後退する車いすを停止させて、あがりそうになる息を押さえ込み、軋む車いすを全力で前へと回す。

まだなにが起きているか分かっていない太った男の背後へ駆け抜けて、すれ違いざまに切りつける。首と顎の下も脂肪だらけで切った感触が鈍い。すぐに刃と腕を引っ込めて、突き刺すことに切り替えた。口の端に刃の先端をねじ込むように突き刺した後、横へ払うように引き裂いて顔面を分割する。意外にも身体は勝手に動いた。

俺の乱心に気づいた醜悪な男がようやく動き、外に待機させていた部下を呼ぼうとする。名前も正直覚えていないそいつのもとへとテーブルを回り込んで駆け寄る。

場所と拉致を手配してもらって邪魔な方を食い終えたのなら、こいつらはもう用済みだ。なぜ、風間拓也の一片さえも他のやつらに譲らねばならないのか。

男が椅子から立ち上がって叫ぼうとするのと同時に、肉切り包丁を放り投げた。斜めに回転する包丁が男の顔面にぶつかる。深く切れこそしなかったが衝突により仰け反り、更にこびりついていた血が顔に飛び散り、目隠しや鼻栓の役目も果たす。男がダルマのように転倒している間に距離を詰め終えて、肉切り包丁を拾い直す。

話している間も惜しいので、早々にとどめを刺した。

あっという間に三人の死体ができあがる。

こいつらを食う気はない。そんな余裕は俺に与えられない。あがりきった息に翻弄されて何度も噎せていると、身体がばらばらに飛び散りそうだった。あばら骨の間に大きな空洞を感じて、苦笑いする。

身体の悲鳴は、人生最後の大立ち回りを評価する声だと思うことにした。

床に倒れたこいつらも最後に予定外である活きの良い女が食えたのだから、餓鬼《がき》の死に方としては幸運だろう。

「さて、と」

血で滑って使いものにならなくなった包丁を放り捨てて、風間拓也を見る。風間拓也の目が混乱に揺れていた。悲鳴を上げようと喉がひくついて、しかし動けないらしい。俺が今まで殺してきた人間と似た反応を示す。随分、普通に育ったものだ。人間の血統で決まることなど、ほとんどないのかもしれない。

「きみはあんな不細工な食べ方はしない。骨も全部かち割って食べてあげよう」

今までもそうしてきた。お陰で顎が丈夫になったこと。車輪を回す。俺の老いと共に歩んできた車輪の今奏でるそれは窮屈で、悲鳴のような音色だ。俺に与えられた足。よくここまで運んできてくれた、と礼を伝えるべく二度、フレームを撫でる。

あのばあさんの思惑はどうあれ、俺はこうして目的を果たせる。

身動きの取れない風間拓也の前まで移動して、専用のナイフを取り出す。骨から身肉をこそげ取ることに特化した、鋸状《のこぎりじょう》の刃を持つ道具だ。外の部下は呼ばれなければやってこない。俺を遮るものはなにもない。

人生最後にして、それに相応しい食事が始まった。


甘露《かんろ》とはまさにこのことだった。

蜜《みつ》の流るるごとき身体は俺の恨みという恨みを浄化し、硬質な心身をとろけさせる。

腐肉へと変貌していくような危うさと快感が舌の上から流れ込み、喉を潤わせる。

十も二十も若返っていくようで、吸血鬼《きゅうけつき》の伝説の当事者にでもなったようだった。骨もなめ回すだけで鳥肌《とりはだ》が立つほどの味わいを感じる。なめるだけだぞ？　骨がすり減るまでずっと味わえるのかと思うと犬のように喜びで失禁しかねない。

解体して、骨を削って、吸って、噛んで。その行程の最中も悲鳴や慟哭《どうこく》が大変うるさい、耳障りだが、それを差し引いてもこれほど楽しいことは二つと見つかるまい。

自分の生きる意味が見つかった者とは幸福であり、またそれを成したものには至福が宿るのだろう。人の幸せの形とはそうして生まれるのだと、俺は確信している。

幸せだった。だれがなんと言おうと、俺は今、幸せなのだ。

彼女をあのとき、もし口に含んでいたら。

そうした後悔が残ることには無情と空しさを禁じ得ないが、この世界のもしもを知覚することなどできないのだ。無二の幸せは永遠の砂漠《さばく》から発掘するのではなく、新たに地平の向こうへ探しに行くしかない。悲しいがもしもは幸せに繋がらない。

だからこそ、遂《つい》に見つけた幸福を骨の髄まで味わい尽くすつもりだった。

骨を砕く道具はいくつもあるが、それも段々と辛くなる。汗が滲み目に入り込み、息が上がって血の臭いがきつくなっていく。しかし食べる手を休める気にならない。

指から始まり、二の腕を。肘を。肩を。胸を、顎を、鼻を。目玉も噛めば唇も鍋の具材のように切り落として。いつしか悲鳴は失われて、がつがつ、むちゃむちゃと至福を噛みしめる音が耳を覆う。そうした福音の中、時折、車いすが鳴く。

痛いほどの幸せを、腹に詰め込んでいった。


終わった。

終わってしまった。思わず吐き出してもう一回口に含み直したいと、そう思わせるほどの愉悦と幸福に満たされていた。腹が重い。老人の身には応えるなんてものじゃない量だった。それだけあったはずなのに、あっという間、瞬きしている間に消えたような気さえする。血生臭い息を吐き出して、げふげふと、はちきれそうな腹をさする。血の粘つきのせいで吐き気が酷くなり、上を向いてしばらく休憩《きゅうけい》した。

その間、涙が頬を伝う。拭っても懇々《こんこん》と。感涙なのか、それとも今の感動が薄れていくのを惜しむものなのか。判別のつかない、飽和《ほうわ》した感情に支配されて手足が痺れている。びくびくと小刻みに人差し指が震えている。身体の隅々が、生きることを謳《おう》歌《か》していた。あぁ、あぁとだらしなく声を漏らし、至福に浸り続けた。

その尾が見えだした頃、俺は正面に向き直る。流星が消えるように余韻が去る前に、次に移ってしまおうと思った。それが俺と、あいつの幸福に繫がるのだろう。

なにしろ、終わってしまったから。

俺の幸せは終わってしまったのだ。その証拠もある。

俺はもはや死ぬことに怯えていないのだ。

床に転がる死体を放置して、幕引きのために広間へと向かった。


与えられたすべての目的を達したとき、人は死ぬべきである。

逆にまだなにかそこに意味があるのなら、人は生きなければいけない。

彼女は中途半端に死んでいった。彼女もまた、罪を背負う人なのだ。

「…………………………」

その彼女と出会ったとき、俺はどんな顔をするのだろう。

俺が求めていたものは、今日すべて揃う。

あと一つ、あの日から心の平穏のために切望していたもの。

暗闇が、やってくる。

「よぅ羽澄。そろそろ来ると思ったよ」

扉を開け放った老婆に、気安く声をかける。

赤佐のばあさんに瓜《うり》二つとなった羽澄が、古くさい義足を引きずるようにしながらこちらへ向かってくる。用件は分かっている。俺を殺すつもりだろう。

羽澄もそれを特に隠すことなく、早々に凶器を取り出した。食堂に転がしておいた肉切り包丁を花束のように携えて、羽澄が歩いてくる。

距離を詰める度、形相が変化していく。喜《き》怒《ど》哀《あい》楽《らく》を順番問わず押し出すように、一歩ずつ切り替わる。特に顕著《けんちょ》なのが喜びと怒り。俺の復讐と瓜二つだった。

歳を経て顔も硬くなってきているだろうに、元気だねぇ。初めて会ったときはあれほど怯えていたのに、今はいい顔をするようになったものだ。

「俺とお前の祖父は同一人物なんだな。調べてそれを知ったとき、腑《ふ》に落ちるものがあったよ。ばあさんがなぜ、俺を招き寄せたとか」

俺の人を食わねばならないという性は、隔世遺伝《かくせいいでん》だったのだ。俺が親父と母親を『殺した』のもそこらへんが原因なのだろう。全部を祖父さんのせいにするわけじゃないが、物心ついた頃から人間も豚や牛と同じように見えて仕方なかった。

俺に流れている血は、地球外生命体のものでも混じっているのかもしれない。

ちなみに祖母は赤佐のばあさんではない。祖父は別の女性と結婚して、そちらでも子を設けている。それが俺の親父だ。そして、俺と羽澄がそれぞれの系譜《けいふ》に生まれた。

いつかのばあさんが冗談めかして言っていたのを思い出す。

まぁ、そりゃ確かに、祖父さんに似ている。

「似ているからこそ、俺をあそこに連れてきたんだろう」

羽澄は祖父に復讐することができなかった。復讐しようにも祖父は寿命を迎えて死んでしまったのだ。あの日、赤佐のばあさんが喪服を着てやってきた日は葬儀の帰りだった。それならばまぁ仕方ない、そういう運命だった。

などと納得せずに羽澄が考えついた復讐は、そっくりさんを殺しての鬱憤《うっぷん》晴らし。

羽澄は俺が老いるのを待っていた。俺が祖父と瓜二つになるまで、ずっと。

なんのことはない。羽澄も俺と同じ目的にすぎなかったのだ。

もっともそれを最初に思いついたのは赤佐のばあさんの方かも知れんがね。

「さぁ来い羽澄。安心して殺せ」

俺のために復讐するやつなんか誰もいないからな。後腐《あとくさ》れない。

そして俺は今、幸福の絶頂にある。そういうやつを蹴落とすのが一番、爽快だぞ。

すべての目的を達した俺は、既に死んでいるに等しい。

だからなにも恐れることも、悔やむこともない。

羽澄が包丁を構えて、俺の前に立つ。その口もとが動いているので注目するとこの場に似つかわしくない大脱走のテーマを口ずさんでいて、思わず、笑ってしまう。

そして羽澄はまず、俺の右足を切り落とした。血と共に激痛がほとばしり、車いすから転げ落ちる。痛い死ぬ助けて、と様々に慈悲を求める声があふれ出す。

だがどれだけ痛いと泣き喚いても止めてくれるはずがない。

止めるはずがないよなぁ、羽澄。

共感を抱き、笑いかけようとしたがまたすぐに右足を刺されて遮られた。

右側を切られるのは地獄で、左側を突き刺されるのは楽園だった。刺されて肉体を失えばその分だけ、俺の目に宿った光が弱々しくなっていく。暗くなっていく。

もう少しだ。あと少しでやっと、暗い場所で静かに眠れる。腹はとっくにいっぱいなのだ、そうなると眠くて仕方ない。消灯するのは簡単だが、せっかくだから人のためになにかしてやろうと思う。そうなると、羽澄に殺されるのが一番だろう。

羽澄は俺を食うことなどしないだろうが、まぁ、こういう復讐も否定はしない。

行儀悪いなぁ、と思うぐらいだ。

俺の四肢《しし》をほぼ解体し終えた羽澄も息が切れて、床に膝をついている。目のぎらつきが萎《な》えることはなく、まだ意欲は十分にあるようだった。こんな孫の姿をばあさんが見たらなんと言うだろう。血は争えない？　それとも、俺に預けたことを悔やむか。

血まみれの包丁を杖代わりにして、羽澄がよろよろと起き上がる。歳なんだから遊んでないで、さっさとやれよ。そう思わないでもない。俺を仰向けへと転がして、羽澄が包丁を逆に構える。胸に突き刺して仕留めるつもりのようだ。

羽澄の歯が震えている。恐らく歓喜に。羽澄の目が震えている。嬉し泣きを堪えるなんておかしなやつだ。見上げて、その細い顎を見つめていると会ったこともない祖父の気持ちが分からないでもないことに気づく。かわいいもんじゃねえか、なぁ。

あのときの小さな子供が成長して、俺を殺すか。

人生って、不思議なもんだよなぁ。

妙に満たされるその感慨の中、遂に包丁が急所に振り下ろされる。じたばた暴れることもできない俺はその切っ先が胸に沈み込むのを、目を見開いて凝視《ぎょうし》し続けた。

異物が胸を引き裂く。固まった土が割れるように、俺の身体が散る。ごぼごぼと胸から押し寄せるものが口に溜まり、それを吐き出す。血かと思ったが、空気だった。

多量の空気が漏れていく。そして、歓喜の声が歌のように響く。

あぁ、ああ、あぁぁああ。

夜が来る。

やっと暗い場所へ、沈める。

心臓が張り裂けた瞬間、一瞬で目前が真っ暗となる。待望の夜がやってきた。歓喜するがしかし、純粋にそれを喜ぶためには多大な苦痛が邪魔をする。胸が痛い。ちぎれるように、いや実際ちぎれて痛む。まだ死んでいない。自分のしぶとさに呆れる。

早く死んで、安息を取り戻したい。いつ突き抜けて、楽になれるのか。

今か、今かと待ちわびる。苦痛と闘《たたか》いながら。

……そうしている間にふと、昔に読んだ小説を思い出す。研究の結果、死後も意識を残すこととなってしまった男の話だ。意識がありながら肉体を刻まれる痛みを感じて、その苦痛と永遠に向き合わなければいけないという酷い話だ。

あれ以上の恐怖はないと思う。もっとも迎えたくない最期というやつだった。

では、意識とはどこへいき、どう消えるのか。

俺が食ってきた連中は、身体のどこかにいるのか。

いつまでも意識の途切れないことに微かな恐怖を覚えながら、祈る。

俺はまだ消化されず、運命の胃袋の中に転がっている。

その中でたった一つの願いを訴え続ける。

だれか、はやく俺を食ってくれ。

あとがき

「シンプルな復讐モノ読みたいから書いて」と編集に言われたので、書いてみた。
ちなみにどこがシンプルかというと、動機。ちょう分かりやすいですね。

それと全然関係ない話なのだが、タイムマシン系というか時間旅行的な映画をぼーっと観ていて、タイムトラベルやタイムパラドックスの描写の場面で『これはおかしい！　これは矛盾している！』と言ってしまうことがある。しかし未《いま》だ誰も時間旅行なんてしたことないのになぜ、矛盾していると分かるのだろう。そしてそう思ってしまうのだろう。私たちの中には知らないうちに時間への意固地《いこじ》な常識というものができあがってしまっていて、それを取り払えば時間に対する見方は大きく進化していく、のかもしれない。最近、暇なときにそんなことを考えています。意味はないです。
あともうひとつ関係ないけど、鉄鍋《てつなべ》のジャンとか好きです。

担当して頂いている編集エム氏（と書くとショートショートの登場人物みたいだ）には今回もお世話になりました。来年の電撃小説大賞に出していいかと聞いたら『やめてください』と言われました。また、イラストを担当して頂きましたのんさんにもお礼申し上げます。かわいらしいイラストを見た後はほのぼのしたの書けばよかったなぁとか、登場人物に多少申し訳ない気持ちになったりしました。

それと電撃関係のイベントでなぜかサインを求められていた父や、なにも書くことが許されない母にも感謝しています。

今年はこの一冊で終了となります。今年も色々ありました。

電撃文庫の編集部に行ったらガンプラ王の審査委員と間違えられたりしましたが、概ね元気です。来年もがんばりますのでよろしくお願いします。

入間《いるま》人間《ひとま》

入間人間　著作リスト

探偵・花咲太郎は閃かない（メディアワークス文庫）
探偵・花咲太郎は覆さない（同）
六百六十円の事情（同）
バカが全裸でやってくる（同）

バカが全裸でやってくるVer.2.0（同）
僕の小規模な奇跡（同）
昨日は彼女も恋してた（同）
明日も彼女は恋をする（同）
時間のおとしもの（同）
彼女を好きになる12の方法（同）
たったひとつの、ねがい。（同）
19―ナインティーン―（アンソロジー　同）
嘘つきみーくんと壊れたまーちゃん　幸せの背景は不幸（電撃文庫）
嘘つきみーくんと壊れたまーちゃん2　善意の指針は悪意（同）
嘘つきみーくんと壊れたまーちゃん3　死の礎は生（同）
嘘つきみーくんと壊れたまーちゃん4　絆の支柱は欲望（同）
嘘つきみーくんと壊れたまーちゃん5　欲望の支柱は絆（同）
嘘つきみーくんと壊れたまーちゃん6　嘘の価値は真実（同）
嘘つきみーくんと壊れたまーちゃん7　死後の影響は生前（同）
嘘つきみーくんと壊れたまーちゃん8　日常の価値は非凡（同）
嘘つきみーくんと壊れたまーちゃん9　始まりの未来は終わり（同）
嘘つきみーくんと壊れたまーちゃん10　終わりの終わりは始まり（同）

嘘つきみーくんと壊れたまーちゃん・i　記憶の形成は作為（同）

電波女と青春男（同）

電波女と青春男②（同）

電波女と青春男③（同）

電波女と青春男④（同）

電波女と青春男⑤（同）

電波女と青春男⑥（同）

電波女と青春男⑦（同）

電波女と青春男⑧（同）

電波女と青春男　SF（すこしふしぎ）版（同）

多摩湖さんと黄鶏くん（同）

トカゲの王Ⅰ　―SDC、覚醒―（同）

トカゲの王Ⅱ　―復讐のパーソナリティ〈上〉―（同）

トカゲの王Ⅲ　―復讐のパーソナリティ〈下〉―（同）

トカゲの王Ⅳ　―インビジブル・ライト―（同）

クロクロクロック1/6（同）

僕の小規模な奇跡（電撃の単行本）

ぼっちーズ（同）

メディアワークス文庫

たったひとつの、ねがい。

入間人間《いるまひとま》

発行　2012年11月22日　初版発行

発行者　塚田正晃
発行所　株式会社アスキー・メディアワークス
〒102-8584　東京都千代田区富士見1-8-19
電話03-5216-8399（編集）
発売元　株式会社角川グループパブリッシング
〒102-8177　東京都千代田区富士見2-13-3
電話03-3238-8605（営業）
装丁者　渡辺宏一（有限会社ニイナナニイゴオ）
印刷・製本　旭印刷株式会社

Printed in Japan
ISBN978-4-04-891126-9 C0193

メディアワークス文庫 http://mwbunko.com/
アスキー・メディアワークス http://asciimw.jp/

本書に対するご意見、ご感想をお寄せください。

あて先

〒102-8584　東京都千代田区富士見1-8-19　株式会社アスキー・メディアワークス
メディアワークス文庫編集部
「入間人間先生」係